高嶺の花には
ない
3
冬条一
illust.こ こ
the p
girls.

CONTENTS

No one can resist the perfect girls.

Design♥Yuko Mucadeya+Nao Fukushima[musicagographics]

「佐原く
私がい

「ありがとう――」

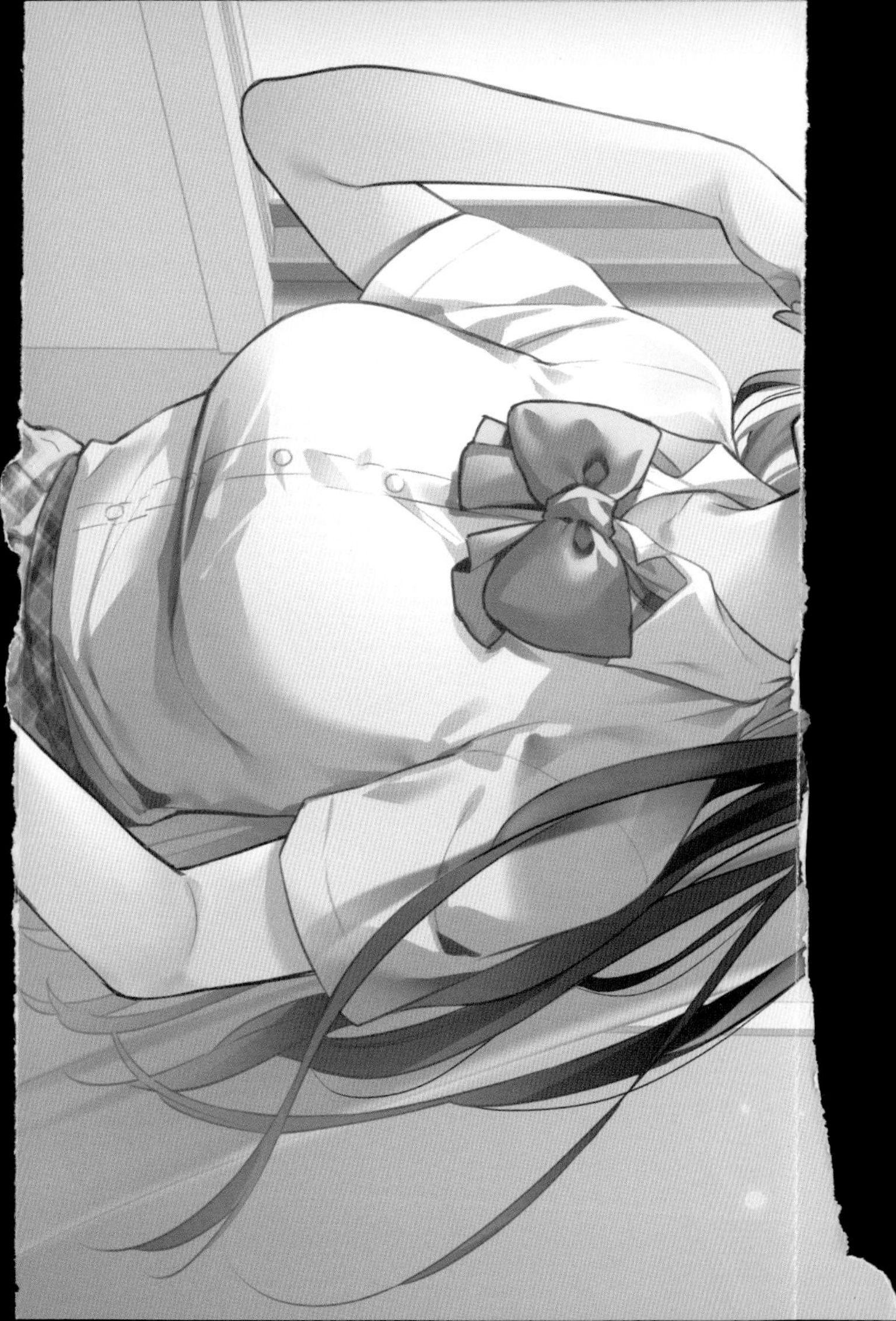

んは……
たら、嬉しいですか？」

高嶺の花には逆らえない 3

No one can resist the perfect girls.

CHARACTER

佐原　葉【さはら よう】

変わり者な主人公。あいりに一目惚れしている。

立花あいり【たちばな あいり】

学校一の美少女。みんなの高嶺の花。

武田千鶴【たけだ ちづる】

元ぽっちゃり系な葉の昼友。料理が得意。

進藤　新【しんどう あらた】

葉のクラスメイトで友人。学校一のイケメン。

佐原美紀【さはら みき】

葉の妹。甘いものに目がない。

佐原宗一郎【さはら そういちろう】

葉の父。筋トレが趣味。

佐原かなえ【さはら かなえ】

葉の母。料理の修行中。

笹嶋陽介【ささじま ようすけ】

葉のクラスメイトで友人。何かと頼れるやつ。

藤沢桃花【ふじさわ とうか】

あいりと仲のいいクラスメイト。ギャル系。

大澤柚李【おおさわ ゆずり】

あいりと仲のいいクラスメイト。ボーイッシュ系。

柊　美鈴【ひいらぎ みすず】

大学２年生。葉、あいりのバイト先の先輩。

プロローグ

　ポキッ――。

　夏休みが終わり、2学期の始業式を迎える9月1日――時刻は深夜0時過ぎ。

　俺は自室の机でシャーペンの芯を折り続けるという、なんの生産性もない時間をただただ過ごしている。

　本来であればぐっすり寝ている時間なのに、なんでそんなことをしているのか。それは夏休みの宿題がいまだに終わっていないという、危機的状況に直面しているからである。

　いや、もっと早くやろうとはしたんだよ？

　でもあのときは立花《たちばな》さんのことがどうしても気になって……全然数学の宿題に集中できなかったんだよ。

　だからしょうがないよね、俺は悪くない。

　……そんな言い訳をしたところで、今取りかかっている問題が解けるわけではない。

　ポキッ――。

　さっさとこの問題を数式に当てはめて答えを導き出せばいいものの、起こる現象は指にかかる圧力でシャーペンの芯が折れるだけ。

宿題のプリント用紙の上には黒い芯の残骸が散らばる。

それからカチカチとペンの上部を押してちょっとだけ芯を出す。さっきからこの繰り返し。

今は宿題に集中だ。邪念は捨てよう。

――――ダメだ、やっぱり全く集中できない。

なんだこれは。

一昨日《おととい》よりも酷《ひど》くなってないか？　あのときは30分で2問は解けたよ？

いや、多分答えが間違ってるから、解けたというには語弊《ごへい》があるかもしれないけど。

なんでこんなことになってしまったのか……その答えは簡単だ。

今日、いや日付が変わったから昨日か。武田《たけだ》さんと水族館に行ったことがすべての元凶である。

つまり悪いのは武田さん。

やっぱり俺、悪くないもん。

「はぁ……」

おかしい……なんだこのモヤッとした気持ちは。

俺はつい最近まで、武田さんは家族みたいな存在だと思ってた。言うなれば妹の美紀《みき》と似たような位置づけ。そんな風に勝手に思ってたのに……今は自分の気持ちがよくわからない。

武田さんは痩《や》せて可愛くなった。それでもファミレスで見たあのときは、ただただ驚きのほうが大きかっただけ。それが水族館で言われた三つのお願い事によって、すべて変わってしまった気がする。

ぎゅっとハグして、頑張ったねって言って……千鶴《ちづる》って、そう呼んだ。それだけ。

……あれ、あの場に誰もいなかったとはいえ、今冷静に考えたらめっちゃ恥ずかしくなってきた。それだけとか言ってるけど、やってることちょっとヤバいよね。

――俺は、立花《たちばな》さんが好きだ。

ずっと、そう思ってた。

……いや、今もそう思っている。

……と、思う。

それなら、武田《たけだ》さんに対してのこの気持ちは……いったいなんだ――？

ポキッ――。
またシャーペンの芯が折れ、カチカチとペンの上部を押す。
「ん……」
芯が出ない。あまりにも折り過ぎて芯がなくなってしまったようだ。
筆箱に入ってたシャーペンの芯はさっきのでラストだった。
確か、まだストックがあったはず……。
引き出しを開け、文房具の入っているエリアを探すもお目当てのものが見つからない。
一番奥のほう、少し見えづらいところにあるかと思って手を伸ばした。
すると、1枚の写真が出てきた。それは入学式の日に自分でしまったもの。
中学1年生のとき、初恋の子と一緒に撮ったときの写真だ。

恋って、なんだろう。好きって、なんだろう……。

その写真を見て、そんな感情が沸々と湧《わ》く。
今頃、彼女はどこで何をしているのかな……。
そんな想いを抱きながら、俺は彼女と過ごしたひと夏の思い出を振り返る――。

第一章　光の差すほうへ

中学1年生の夏休み——俺はまた、引っ越しで新しい街を訪れていた。

と言っても今回は夏休みだけの期間限定らしい。なんでも俺が高校に入学するタイミングで、この街にマイホームを建てる予定なんだとか。

マイホームは父さんの念願の夢。

建てた家は動かせないから、場所選びは最重要事項だ。

今回はその前段階。

俺と美紀《みき》が夏休みの1か月間だけこの街に家族で住んでみて、生活のしやすさとかいろいろ問題がないか確かめるみたい。

仮住まいする場所は10階建てマンションの1階。２ＬＤＫの部屋に父さんの仕事の伝手《つて》で住まわせてもらっている。

この街に家を建てることが決まったら、俺もちゃんと高校に入学できるように勉強を頑張らないといけない。徒歩圏内にいい感じの公立高校があるけど、偏差値がかなり高いらしい。

——よし、今から勉強を頑張って……なんて、３年後の未来に向けて努力をし続けられるほど、今の俺のモチベーションはそんなに高くない。

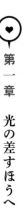

だってせっかくの夏休みだよ？

新しい街だよ？

もう引っ越してきて3日が経つっていうのに、まだまともに外に出てないよ。

そろそろ散策とやらに行こうじゃないか。

「あ～～～！　お兄ちゃんが遊びに行こうとしてる～」

こっそり玄関から抜け出そうとした俺に、妹の美紀が声を掛けてきた。

く……見つかってしまったか。でもまだ大丈夫。

今日は日曜日で、父さんが母さんをデートに連れ出しているから犯行現場を目撃したのは美紀だけだ。

「ちょっと文房具を買いにコンビニに行くだけだよ」

「ほんとかなぁ？　でもいいのかなぁ～、お母さんから今日の分の宿題が終わるまで外出禁止令出されてるのに。怒られても知らないよ？」

「母さんが帰ってくるのは夜。それまでに戻ってくればモーマンタイだ」

「もーまん……何それ？」

首をかしげる美紀。

ふっ……。

「小5の妹にこの言葉はまだ早かったか。とにかく、美紀は何も見なかった。いいね？」

「……プリン」

「……え？」

「中1の兄にこの言葉はまだ早かったようだ。コンビニにはプリンという素晴らしいスイーツが売っているのだよ。ついでに買ってきたまえ。いいね？」

そういえばこの間、美紀《みき》がコンビニのデザートコーナーで何か物欲しそうにしてたな……。

というかプリンくらい幼稚園児でも知ってるわい。

「……しかたない。お金――」

「いいね？　いいね？」

間髪《かんはつ》入れずにかぶせてくる。

どうやら口止めするから奢《おご》れということらしい。

……200円あれば買えるかな？

痛い出費だけど……ここは我慢するか。

「ふむ、いいだろう」

「おっきい栗とモンブランがのってるやつだよ？　絶対だよ？　いいね？」

「わかったわかった。それじゃあ母さんには内緒でね。万が一母さんが帰ってきたらいい感じにごまかしといて」

「うん、プリン待ってる～」

ほんとに大丈夫だろうな……？

◇

少し遠くのほうまでぷらぷら散策をしたあと、コンビニのスイーツコーナーで俺は慣れない関西弁でボソリと呟《つぶや》いた。

「めっちゃ高いやんけ……」

期間限定と書かれた、栗とモンブランがのっているプリン。

コンビニを何店舗か回ってようやく見つけた。

お値段はなんと６００円。

なんだ６００円って……コンビニのスイーツがこんなにお高いなんて聞いてないぞ。

美紀め、さてはわかってて俺にお願いしてきたな。

最近ようやく俺のお小遣いが１５００円に値上がりしたことを知ってのことか。

このプリン一つでお小遣いの４割……さすがにきつくないか。

すぐ横にはノーマルプリンが１個１５０円で売られている。

……こっちじゃダメかな？

『おっきい栗とモンブランがのってるやつだよ？　絶対だよ？　いいね？』

家を出る前に美紀《みき》に言われたセリフが脳内で響く。そのあと、軽い気持ちで了承した自分のセリフが続く。

兄として、一度約束したことを違《たが》えるわけにはいかない、か……。


結局俺は、高級プリンを買ってコンビニを後にした。

これからは、安易に美紀と約束を交わしてはいけない。そう肝に銘じておこう。

小さいコンビニ袋をぶら下げながら帰路につく。

暑いから早く帰らないと、買ったプリンがダメになってしまいそうだ。

新しそうな書店、有名な家電量販店、ちょっとレトロな洋服店。それに美味《おい》しそうな唐揚げが売っているお店とか。

いろいろ気になるものばかりだったけど、今はこのプリンを家に届けることを優先しなくては。

立ち並ぶ商業施設に目移りしながら街を歩く。

父さん曰《いわ》く、この辺は再開発地区になっているから徐々に賑《にぎ》わいを見せているらしい。

ときどき気になるお店の前で立ち止まっては、中を覗《のぞ》きたい欲求を抑えて歩を進める。

いかんいかん。

俺は誘惑を断ち切るためと散策も兼ねて、敢《あ》えて商業施設が立ち並ぶ通りから外れて住宅街に入った。

のだが……。

「あれ？　こっちの方角でいいんだっけ……」

適当に歩いてたから若干迷子になったかも……。

勘を頼りに道中を進む。

そうこうしていると、少し気になるものを発見した。

公園の中央に大きな豚のオブジェが置かれている。

なんの目的であんなもの置いてるんだろう……。

スルーしようと思ったけど、気になって近くまで寄ってみる。

なるほど。

オブジェじゃなくて滑り台だったのか。

疑問が解決したから公園を後にしようとしたところ、豚の口がぽっかりと開いているのに気がついた。

中はどうなってるのかな。

遊具に近づいて、少し屈《かが》んで覗いてみる。

結構広めの空洞になっていた。奥のほうはかなり暗くてよく見えない。

足を踏み入れると、ボロボロの靴が見えた。

誰かいるみたい。

少し近づいてみる。

するとその子は、身を屈《かが》めるように頭を両手でガードして丸まった。

びくびくと、何かを恐れるように。

それはまるで、地震が起きて机の下に隠れるときみたい。

「どうしたの？　大丈夫？」

俺がそう声をかけて数秒後、その子は恐る恐る頭から両腕を退《ど》ける。

ボサボサの髪の毛、長さはミディアムショートくらい。褐色の肌に見えるのは暗がりのせいか。少し汚れたTシャツに短パン。

不安そうな瞳でこちらを見てくる。

そう感じたのは、女の子が掛けている丸メガネのせいじゃないと思う。

ぽっちゃり……とは言い難い。

無神経な人は、言葉を選ばずデブというかもしれない。

俺と年が近そうな女の子が一人。

豚の遊具の中に、彼女はいた。

「だ、だれ？」

女の子はボソッと呟《つぶや》く。

聞こうと意識しないと聞き取れないほどの、小さな声で。

遊んでいて、いきなり人が入ってきたからびっくりしちゃったのかもしれない。

ここは自己紹介でもしとこうか。

「昨日この辺に引っ越してきた佐原葉《さはらよう》っていいまーす。気軽に葉ちゃんって呼んでね？」

警戒心を解くために軽いノリでそう挨拶《あいさつ》を交わす。自分の声が遊具の中でよく響いた。

女の子は、無反応だった。

うん、スベった。いや？　ただの自己紹介だし？

面白いと思って言ったわけじゃないし？

「……君は？　何して遊んでるの？」

こんな真夏の公園に女の子が一人。

日陰になっているとはいえかなり暑い。

疑問に思ってそう声をかけるも、やっぱり無反応。

ただジッと、こっちを見てくるだけ。

少しだけ、返事を待つことにした。それでも反応がなければ帰ろう。

関わってほしくない。

そう感じる子もいると思うから。

そんな俺の様子を見て何か言わなくちゃいけないと思ったのか、口が開いては閉じ、開いては閉じを繰り返す。

何回目かで、ようやく女の子は言葉を絞り出した。

「……わ、私、は…………か」

ぎゅるるるるる～。

よく音が反響する遊具の中。突如お腹《なか》の音が鳴る。

それは俺ではなく女の子の方向からだった。

予想外に大きな音が鳴り、それを俺に聞かれたからなのか……恥ずかしそうな顔をして、女の子は両手でお腹を押さえる。

時刻は午後3時。

12時にお昼ご飯を食べていたら、恐らく鳴らないであろう音量。

「お昼食べた？」

女の子は首を横に振った。

近くには荷物らしき物はない。弁当とかは持ってきてなさそう。

「それなら早くおうちに帰らないとね。俺も早く帰らないと妹が泣いてしまうかもしれないんだよ」

もしもこのプリンがダメになったら本当に泣くかもしれない。

女の子はまた首を横に振る。

「帰りたく、ない……」

「どうして？」

女の子は泣きそうな顔でこっちを見て、少し黙ったあと、それから下を向き……。

「お父さん、と、お母さん……喧嘩《けんか》、するから……」

喧嘩してる。じゃなくて、喧嘩する。

そう答えた。

その言い方が少し気になっていると、女の子は顔を膝《ひざ》に埋《うず》めた。

「私がいると、喧嘩、するから……」

親同士が喧嘩する。

その感覚は俺にはわからない。

俺の家、佐原《さはら》家では父さんと母さんは仲がいいから。もしかしたら本当は俺の知らないところで喧嘩の一つや二つ、あるのかもしれないけど。

でもこの子のうちではそうじゃないみたい。

それもこの子がいると喧嘩が起きる。だから家に帰りたくない。

かなり複雑な家庭環境らしい。

「そっか……」

俺はそれ以上、深く聞かないことにした。

ぎゅるるるるるる〜。

また、女の子のお腹《なか》の音が鳴った。

顔を膝《ひざ》に埋《うず》めているから、さっきみたいに恥ずかしそうにしているのか確認はできない。

わからないけど……今はさっきとは違う表情をしているんだろうと、なんとなくそう感じた。

俺は右手に持ったコンビニ袋からプリンを取り出して、パカッと蓋《ふた》を外した。それから一緒に入っていたデザートスプーンを取り出して、モンブランに突き刺す。

ごめん美紀《みき》……今日は泣いてくれ。また来月お小遣いが入ったら買ってくるからさ。

「はい」

一言、そう言って女の子にプリンを差し出す。

女の子はゆっくりと顔を上げ……泣き顔と、それから不思議そうな顔が入り混じったような、なんとも言えない表情でこっちを見てくる。

「はい」

また一言。女の子に向かって声をかけた。

これ、あげる。

その意味が伝わって、女の子は両手をゆっくりと伸ばし、プリンを受け取った。

ぐぐぐぅぅぅぅ〜。

さっきとはちょっと違うお腹の音。もう3回目だから女の子の仕草に特別変化はない。

「……いいの？」

「うん。あんまり腹の足しにならないかもしれないけど」

遠慮してるのか、それとも知らない人に食べ物をもらって不審に思っているのか。

女の子は大きな栗とモンブランがのったプリンをまじまじと観察する。

「これ……いくらするの？」

「ろ……150円。特売で安かったんだよね～」

「……蓋、見せて？」

蓋には値段が書いたラベルが貼ってある。

どうやらそれを確認したいようだ。

「蓋は捨てちゃったからもうないよ」

「そのビニール袋に入ってる」

「……本当は300円。コンビニで買ったからちょっと割高だよね。でも俺は中1になったからお小遣いが増えて金持ちになったのさ。これくらいのプリンは毎日食べてるからね」

「……嘘《うそ》、下手《へた》だね」

「嘘じゃないもんね～」

俺は女の子の横に座って出口のほうを向いた。

見られていると食べづらいだろうから。

視界の端で、女の子の腕が動いているのをなんとなく感じる。
女の子がプリンを食べているであろう間、俺は出口の明かりを見ながら考え事をしていた。

このこと、誰かに言ったほうがいいのかな……。

汚れた身なりも普通じゃないし、大変そうな状況なのがわかる。
けど……俺一人の力じゃどうしようもできない。

俺にできることなんて、こうやってプリンをあげるくらいの、どうでもいいような些細《ささい》なことだけ。

それに、女の子は助けてとは言ってない。
下手《へた》に人様の家庭問題に首を突っ込んで、または誰かに首を突っ込ませて……女の子が今より楽になれるどうかなんて、俺には想像ができなかった。

「う、う……うぅ……」

隣から、小さく聞こえるうなり声。
声の出どころに目を向けると、手に持っているプリンは半分くらい減っていた。

女の子は、抑え込んでいる感情が表に溢《あふ》れ出ないように、必死に我慢している。

やさしく、背中を摩《さす》ってみる。

俺にできることなんて、こうやって背中を摩るくらいの、どうでもいいような些細なことだけ。

「うぅ、うぅぅぅ……うあぁぁぁぁ、あぁぁぁ！」

決壊。

小さな子どもが、人目も気にせず大きな声で泣きじゃくる。

ポロポロと、大粒の涙が頬《ほお》を伝って流れ出る。

俺は女の子の左手を握って、光が差す出口へと歩み出す。

俺にできることなんて、こうやって彼女の手を取って、ここから連れ出すくらいの……些細なことだけだから。

第二章　今日、できることを

道に迷いながらもなんとか家に辿《たど》り着き、玄関ですぐに靴の数を確認。

父さんと母さんはまだ帰ってきてないようだ。

俺の隣には、さっきの公園にいた女の子。

なんの考えもなしに連れてきてしまった。

俺の帰宅に気がついた妹がトタトタと駆け寄ってくる。

「お兄ちゃんおっそーい！　プリンは？　って……その子だぁれ？」

「……あれ？　そういえばまだ聞いてなかった。君、名前は？」

「か…………」

「……か？」

「柿谷《かきたに》…………」

「下の名前は？」

女の子は唇を噛《か》みしめ、言い渋っている。

何か言いたくない理由でもあるのかな。

「言わないと変なあだ名付けちゃうよ？」

「……いいよ」

よし、了承は得たぞ。

変なあだ名変なあだ名……。

「じゃあ、カッキーで」

「ええ……そんな変でもないし……」

「今日から君はただのカッキーだ！　美紀《みき》、カッキーだそうです」

「だそうですじゃなくって……なんでそんな汚れてるの？　髪の毛もボサボサだよ」

「公園で遊んでたらこうなったらしい」

適当に嘘《うそ》をついといた。

「どんな遊びしてたらそうなるのさ。まぁ困ってる子見かけたらお兄ちゃんが放っておくわけないか……。とりあえずお風呂沸かすから入りなよ。こっちこっち」

確かに、このままリビングに上げるのはよろしくないかもしれないな。

美紀は少し呆《あき》れながら手招きするも、カッキーはその場から動こうとしない。

「お風呂……入りたく、ない」

「どうして？」

「怖い、から……」

怖い……？

「もしかしてホラー映画でも観た？　確かに俺もお風呂怖いときあるよ」

頭を洗い終わって目を開いたら、目の前の鏡には幽霊が――。

とか、誰もが一度は考えたことあるような、そんな感じのやつ。

そう思ったけど、カッキーは首を横に振っている。

そういうのではないらしい。

「お水が、怖いの……」

水嫌い……水恐怖症か。

何か水関係でトラウマがあるとそうなるって聞いたことがある。

俺も小学校低学年の頃、海水浴の浅瀬で波に攫《さら》われて、軽く溺《おぼ》れかけたときの記憶が鮮明に脳に焼き付いている。

あのときは帰りに浴びたシャワーが息苦しく感じたっけな。

「湯舟には浸からないとして……シャワーだけも無理？」

「浴室に入りたくない……」

どうやら浴室という空間自体に抵抗があるらしい。

もしかしてこの子、ずっとお風呂に入ってないとか……？

それは困ったな。

何か解決策はないか考えを巡らせていると、

「もしかしたら……ずっと目をつぶっていれば大丈夫、かも……」

カッキーはそう答えた。

迷惑をかけちゃいけないと思ったのか、彼女なりに出した解決法だ。

「よし、じゃあ俺と入ろう」

「え…………………………………やだ」

「ははっ、長い沈黙だったなぁ。冗談だよカッキー。美紀《みき》、よろしく頼んだよ」

「うん。お姉ちゃん？　でいいのかな？　私が一緒に入ってあげる。いこ？」

美紀はカッキーの手を引いて、浴室のあるほうへと向かっていった。

ここは美紀に任せるしかない。

とりあえず俺は——母さんが帰ってくるまでに宿題終わらせとかないと、まじでヤバい。


40分くらい経ったあと、カッキーと美紀が浴室から出てきた。

髪の毛もしっかりと乾かして、ボサボサだった毛先はだいぶ整っている。

着ていた服はすぐ洗濯機に突っ込み、おいそぎモードで洗濯。

今は浴室の乾燥機能をオンにして吊《つる》してるから、乾くまでにあと2時間くらいはかかるらしい。

カッキーが着られるサイズの服はこの家にないから、乾くまでは母さんの部屋着用の大きなダボTを着てもらっている。

体を洗ったカッキーの表情は、この家に入ったときよりも柔らかくなった気がする。

少しはリラックスできたようでよかった。

「水、大丈夫だった？」

「うん……美紀《みき》ちゃんがずっとお話ししてくれたから……」

「そっか。美紀、ありがとう」

「いいよ、そんなことよりお兄ちゃん。プリンは？」

くそ、やっぱりその話になるか。

「……ごめん、買ってくるの忘れた」

「えぇ〜っ!?　楽しみに待ってたのに！　お兄ちゃんの嘘《うそ》つき！」

泣きはしないまでも、かなりご立腹な様子。

一方、カッキーは申し訳ない様子だ。

「あの………プリンは私が――」

「美紀！　来月の父さんのバースデーケーキ、すこ〜しだけ、分けてあげるよ。それで手を打とうじゃないか」

「えぇ〜……どうしよっかなぁ。お兄ちゃんに頼んだ栗のプリン、今月までの期間限定品なんだけどなぁ〜、６００円なんだけどなぁ〜」

く……足元を見られている気がする。というかしっかり値段まで把握してやがるぞ。

こうなったら……。

「……ケーキ、4分の1」

「半分」

「さ、3分の1」

「半分」

ダメだ、全然まけてくれないぞこの妹。

交渉の余地はないのか？

「くそ……そしたら2分の1でどうだ！」

「お兄ちゃん、それ半分だよ？」

「あぁっ!?　今のなし！」

「なしはなし。それで手を打とうじゃないか。お兄ちゃんはちゃんと算数のお勉強しないとね」

「い、今のは勢いで言っただけだから。中学になって算数は数学になったんだからね」

こうして俺は美紀との交渉に失敗してしまった。

意気消沈する俺を見ていたカッキーが、裾《すそ》をちょいちょいと引っ張ってくる。

「お返し、するから……」

俺が勝手にやったことだし、そういうつもりじゃなかったんだけどな。

罪悪感みたいなものを持たせてしまったようなら申し訳ない。

どうしたものか……うん、それなら。

「カッキー、得意料理は何？」

「うぇ？　えっと、得意ってわけじゃないけど……オムライスなら、作ったことある……」

「よし！　俺は母さんが帰ってくるまでに今日の分の宿題を終わらせないといけないんだよ。脳をフル回転させて即行で終わらせるためには途中でエネルギーの補給が必要なんだ。冷蔵庫に卵が入ってるから作ってくれない？　まだお腹《なか》空いてたら自分の分も作っていいからさ」

「う、うん……わかった。頑張ってみる」

「美紀《みき》、そういうわけだからキッチンでカッキーのこと見てもらってもいい？」

「りょ〜か〜い」

ケーキの獲得で満足した美紀は見返りを求めることなく、素直に手を上げて了承してくれた。

なんか俺が連れてきたのに、美紀にお願いしてばっかだな。

しょうがない……今度ご褒美《ほうび》でもあげるか。

20分後——美紀との共有部屋で勉強中、部屋のドアがノックされる。

返事をすると、入ってきたのはカッキーだけ。

「あれ？　美紀は？」

「私の分のご飯作っておくから……お料理持って行ってって……」

「そっか、ありがとう。さっそく料理をいただこうじゃないか」

テーブルに広げたノートと教科書を閉じて端に寄せると、空いたスペースにコトッと料理ののった皿が置かれた。

いただきま――――ん？

「え、カッキー……これは？」

「…………オム、ライス」

お皿にのっているのは確かに卵と同じ黄色い物体。

ただしオムライスと呼ぶにはまとまりがない。

ぐちゃぐちゃ、バラバラの焼いた卵が白飯の上に山盛り。

うん……これは、あれだ。

「カッキー……残念なお知らせだけど、これは卵を焼いてのせたものであってオムライスじゃないんだ。人はこれをそぼろご飯と呼ぶのだよ」

「だ、だってだって！　どうやってもフライパンに卵がくっついちゃうんだもん！　作り直そうとしたけど……卵全部使っちゃったから……」

なんか、出会ってから今日イチで焦《あせ》ってるな。初めて素な感じを見た気がする。

「ちゃんと油引いた？」

「あ……引いてないかも」

そのとき美紀《みき》は何してたんだ。

「美紀になんか言われなかった?」

「お礼だから、何も言わないでって……私がお願いしたから……ずっと見てた」

そういうことか。

じゃあ次のこれはどう説明する気なのか。

「ケチャップライスじゃなくて白飯なのは?」

「え……オムライスってケチャップ使うの?」

「うん、一般的には。絶対に使うってわけじゃないけどさ」

「う、う、うちではケチャップ使わないもん!」

「まぁまぁ落ち着いて。重要なのは味だからね。この際そぼろご飯でもよしとしよう」

箸《はし》ですくい取ると、ポロポロと何粒か皿に落ちる。

できればスプーンを持ってきてほしいところだけど……このままいただこう。

いただきますと一言。

それから一口、口に運ぶ。

うん……うん。

「カッキー……これ、味見した?」

「うん……ちょっと、しょっぱかった……」

「だよね～」

決して食べられなくはない。

ただ、味の感想はカッキーの言うとおりだ。

料理をお願いしたのは俺だけど、だからと言って嘘《うそ》をついて美味《おい》しいというのは優しさじゃない。と、俺は思うんだ。

カッキーの気まずい感じから察するに、当人も美味しいものだと思って持ってきたわけじゃないんだろうし。

なんて声をかけるか迷っていると、カッキーは下を向いてしまった。

お返しと言ったのに、うまくできなくて落ち込んでしまったようだ。

いちいち顔色を窺《うかが》う子だな……優しい子なんだろうけどさ。

「ねぇカッキー……一流の料理人も生まれたときから料理が上手なわけじゃないし、たくさん失敗したから美味しいものが作れるんだよ。もしもカッキーが失敗せずに一発で超うまいオムライスが作れちゃったらさ、努力して何回も失敗してきた人に申し訳ない。って、感じしない？」

「……うん」

「だから落ち込む必要なんてないんだよ」

俺は皿を口元に持っていって、そぼろご飯を一気に口へかきこんだ。

ごくりと飲み込んで、皿をカッキーに差し出す。

「ごちそうさま。オムライスじゃなくてもいいからさ……いつか美味《おい》しいもの、作ってよ」

「うん、うん……」

カッキーは空になった皿を受け取る。

初めて、控えめな三分咲き。

この笑顔が満開になる。

そんな日常をこの子が送れるようになったらいいなって——心から、そう願った。

◇

一度部屋を後にしたカッキーは、美紀《みき》が作った野菜炒めを食べてから戻ってきた。

なんでもご飯は3杯食べたらしい。この食いしん坊さんめ。

丸机を挟んだ俺の向かい側にカッキーは腰を下ろす。

話をして構ってあげたいところだけど……。

「ごめんカッキー。強引に連れてきちゃってなんだけど……母さんが帰ってくるまでにどうしてもこの宿題を終わらせないといけないんだよね」

「うん……大丈夫」

そう言って、ジッと俺が勉強する様子を眺めている。

俺は視線を下ろして再度問題に取りかかる。

う〜ん……この数学の問題がわからない。ズルしないように解答本は母さんに没収されてるからどうしたものか。

なんとか自己解決しようと、教科書を広げて問題のヒントになるページを確認する。

——5分くらい、悪戦苦闘する俺を観察していたカッキーが唐突に口を開く。

「どうして……そんなに一生懸命お勉強するの？　お母さん……厳しいから？」

視線を上げると、カッキーは俺が書いたノートをジッと見ている。

母さんって厳しいのかな？

他の家庭のことはよくわからないけど、多分……。

「いや、まぁ……普通かな？　近くに公立の高校があるでしょ？　俺がどうしても行きたいところがないならそこに入ってほしいんだって。学費も安いし歩いて通えるから、交通費がかからないって。あそこに入ってくれたら家計が助かるって言われたらさ……俺も頑張らないわけにはいかないんだよね〜」

「そう、なんだ……」

「あ、ちなみになんだけど……この問題わかる？」

カッキーは俺が指さした問題をよく見ないまま首を横に振る。

あれ、そういえば……。

「カッキーって今何年生？」

「一応……中学1年生」

「一応？」

「中学校、一度も行ってないから……」

今は8月のはじめ。入学式から4か月も経っている。

不登校ときたか。

なんとなく、想像はついてたけどさ。

「学校嫌いなの？」

「……嫌い」

「どうして？」

「…………」

今カッキーの頭に浮かんでいるのは、卒業した小学校の思い出。

沈黙と、カッキーの暗い表情で……その理由もなんとなくだけど、わかった気がする。

俺も少しだけ、経験したことがあるから。

「まぁいいや」

話題を変えるついでにもう一つ。

「ちなみに、ほんとーに、ちなみになんだけどさ……スマホ持ってない？」

「持ってない……」

「そっかぁ……いや、ズルしようとかそんなんじゃないよ？　カッキーがヒントくれるだけでよかったんだけどさ」

「……ズル？」

カッキーは知らないのか。

「俺もよく知らないんだけど、最近のスマホはカメラをかざすだけで問題を解いてくれる機能だかサイトだかがあるらしいんだよね」

「へぇ、そうなんだ……すごいね」

「うん、それでちゃちゃっと宿題を済ませちゃう人がいるって父さんが言ってた。そういうのがあるし、子どもの頃からすぐ調べる癖が付き過ぎるとちゃんと自分の頭で考えなくなるからって……だからまだスマホ買ってもらえてないんだよね～」

中学生になったから、もう少し成績が上がったら制限付きでスマホを買ってもらえることになっている。

それまでは自力で宿題をやって、スマホが手に入ったら俺も……いや、ズルはよくないな。

再度、視線を下ろして問題を解き進める。

なんとなく、それっぽい解答にはなったと思う。

答えが合っているかどうかが重要じゃなくて、ちゃんと問題に向き合ったかが大切だって母さんは言ってた。途中の計算式を見ればちゃんとやったかがなんとなくわかるって。

勉強の効率を求めるなら先に解答を見るやり方もあるみたいだけど、母さんの教育論でそれはやりたくないらしい。

伸びをして一息——あと1問。

カッキーは相変わらずジッと俺を観察している。

退屈じゃないのかな……。

「ねぇ、カッキーもやってみる？」

「……できないから、いい」

「え？　まだやってないじゃん」

「やらなくても、わかるもん」

やらなくてもわかる……やらなくても、できないのがわかるってことか。

俺がもしフェルマーの最終定理とかいう誰も解けなかったらしい超難問を解けとか言われたら、確かにやらなくても結果がわかるって言うだろう。

不登校だったカッキーには、この問題がそんな風に見えたのかも。

俺はまだ荷解きしていない段ボールから、教科書を3冊取り出してカッキーに差し出してみる。

「じゃあこの中でできそうなのある？」

小学4年生～6年生。

数学じゃなくて算数の教科書だ。

カッキーはそっと手を伸ばして真ん中の、小学5年生の教科書を手に取った。

「表紙が違う……」

「学校によって違うからね。それに俺、最近引っ越してきたからこの辺の小学校じゃないし」

カッキーはペラペラとページを捲《めく》って内容を確認。

できそうな問題があったのか、捲る手が止まる。

俺はノートの一番後ろのページを1枚破って、それをカッキーにあげた。

それからは、二人で勉強を始める。

カッキーは教科書を見て、答えを見ずに俺と同じように自分で答えを出そうとしている。

俺が教えてあげることは簡単だけど……今はカッキーから聞いてこない限りは教えないでおこう。


正解でも不正解でも、自分で答えを出そうとすることに意味がある。

そんな母さんの受け売りが、今はすごく大切だと感じたから――。

◇

――ふぅ。なんとか母さんが帰ってくるまでに今日の課題はクリアできたぞ。

ちゃんとやったからこれで怒られずに済む。

対して、カッキーはというと……。

なぜか、泣きそうな顔になっていた。

できなくても怒られる心配がないってのに。

「カッキー？」

「うぅ……わかんないぃ……」

「教えてあげようか？」

フルフルと首を横に振る。

意外に負けず嫌いなようだ。

「カッキーは頑張ったよ。頑張ったけどどうしてもできないことだってあるから、そのときは助けを借りたっていいんだよ？」

フルフルフル。

相当頑固だな。

「どれどれ……」

そんなに難しい問題なのかと思ってやってみる。

まぁ算数なんて今の俺にかかればちょちょいのちょいだ。

まずは計算する箇所を二つに分けて……それぞれ公式に当てはめて計算してから……出た両方の答えを足すっと。

よし、できた。

「ちょっと答えのページ見せて」

解答を確認する。

——あ、間違ってる。

単純な計算ミス。

カッキーの視線が痛い。

ドヤ顔で解こうとしたのに間違ってるよこいつ感がすごい。

「んんっ……算数って、難しいね」

「答え、合ってた？」

「答えが合ってたかどうかなんて今は関係ないのだよ。だからそれ以上は訊《き》かないで、恥ずかしいから」

「うん……答え、合ってた？」

「うえぇっ⁉　カッキーって意外にドＳ⁉」

「くふっ、くふふっ」

ちょっと変わった笑い方。

そんな風に、笑うんだ。

笑われたけど、いい顔が見られたからちょっぴり嬉《うれ》しい。

そう思ったのは初めてかもしれない。

「お兄ちゃーん。というかお姉ちゃん、お洋服乾いたよ?」

部屋に入ってきた美紀《みき》が乾燥の終了を告げてくる。

もうすぐ暗くなる時間帯。

そろそろ母さんたちも帰ってくるからカッキーを家に帰さないといけない。

俺が外出してたのがバレるし。


脱衣所でカッキーが着替えを終えて送り届けようとしたところ、一人で帰ると言われたから無理強《じ》いはしないことにした。

だから玄関で見送りだけ済ませることに。

「それじゃ、気をつけてね」

「うん……あ、あの、その……ずっと、ずっと言ってなくてごめんなさい……その……」

腰の辺りで人差し指同士をちょんちょんやっている。

ずっと言ってなかったこと……？

なんだろう。

続く言葉を待った。

そして、

「ありが、とう。葉《よう》ちゃん……」

俺がノリで言った名前をちょっと恥ずかしそうに口にして、カッキーはお礼を伝えてきた。

葉ちゃんなんて呼ばれたことないからなんだか違和感。

でも……悪くはない気がする。

「またね、カッキー」

「またね……また……また、会いにきても、いい？」

「いいよ。その代わり……今度は俺がカッキーの家に遊びに行ってもいい？」

少し間を置いたあと、カッキーはコクッと頷《うなず》いた。

もしかしたらその間には、少し〝嫌〟が混じっていたのかもしれない。

でも俺はカッキーが嫌な部分に敢《あ》えて踏み込むことにした。

そうしたら、今日友達になったこの子のことを、もっと知れると思ったから――。

◇

カッキーと出会ってから今日で2週間が経ち、少しだけ家庭の事情を聞いた。

カッキーの家は一戸建てで、父親と母親の3人で暮らしている。

だけど母親とはとある事情で喧嘩《けんか》をしてしまい、不仲状態がずっと続いていることまでは聞けたけど、父親についてはなぜか話してくれなかった。どんな人か気になったけど、平日の昼間に働きに出ているから両親とも俺は見たことがない。

家は居心地が悪いからずっと公園にいるのが日課になっていて、それであの豚の遊具にいたところ俺と出会ったんだとか。

カッキーにはあの公園にはもう行かないように伝えた。

暗いところにずっといると気分が落ち込むから。

その代わり、俺が毎日会いに行くからって。

だから午前中に今日の宿題を済ませ、午後にカッキーの家へ遊びに行くのが俺の習慣となっている。

カッキーの家に行く途中、毎回公園の前を横切る。昔は遊具がたくさんあったけど、老朽化で怪我人《けが》が出たことが問題になってほとんど撤去されてしまったらしい。

今は豚の遊具が中央に置かれているだけ。

これだけは何かの記念碑として建てたらしく、怪我の心配もないから今もそのままになっている。

俺は何気なく豚の遊具の中を覗《のぞ》いてみた。

中にカッキーがいる……なんてことはなく、人の気配はない。

人の気配は……。

「くぅ、くぅ、くぅ……」

小さく、小動物が鳴くような声がかすかに聞こえる。

なんの声だろう……。

足を踏み入れて確認してみる。

「くぅ、くぅ～……」

裏返しになった段ボールが1個。声の出どころはその中から。

恐る恐る、箱を上げてみる。

ちっちゃい、黒い子犬。

たぶん生まれてからそんなに経ってない子犬が、なぜか1匹だけ。

「おぉ、お前どうしたよこんなところで」

そっと優しく持ち上げてみる。

そこで違和感。

カピカピになった、習字の筆に似た感触がする。自分の手のひらを確認してみると少しだけ黒くなっていた。

最初はただの黒い子犬かと思ったけど……もしかしてこれ、墨汁？

周囲を見てみるとビンゴ。空になった墨汁の容器が落ちていた。

「酷《ひど》いな……誰がこんなこと……」

どうしよう……これ、洗って落ちるのかな？

うちに連れて帰って洗ってあげたいけど、マンションがペット禁止だからなぁ……一時《いっとき》とは言え、中に入れたら怒られるかもしれないし……。

「――――ということでカッキー、悪いんだけどお風呂貸して？」

「うん……中、入って？」

すっかり上がり慣れた玄関を通り過ぎ、カッキーの案内で初めて浴室へ。

なるべく服が濡れないように袖と裾《すそ》を捲《まく》り、シャワーの蛇口を回して水がお湯に変わるのを待った。

カッキーは浴室の外でその様子を見ている。

桶《おけ》にお湯を入れチャプチャプと子犬にお湯をかけると、瞬く間に水が真っ黒になっていく。

「犬用のシャンプーってないよね？」

「うん……ない」

「石鹸《せっけん》とか人間用のボディーソープって使っちゃダメかな？」

「わかんない……」

「う～ん、どうしよっか……とりあえずお湯で落ちるとこまでやってみるか」

何度もお湯を変え、黒い水が出なくなるまで繰り返す。

少しだけ色が薄くなった気がする。

あともう少しかな……。

「ねぇカッキー。この犬、あの豚の遊具にいたんだけどさ……見たことないよね？」

「うん、葉《よう》ちゃんに会ってから一度も行ってないから……」

「酷《ひど》いことするやつがいたもんだよね～。いったい誰がこんなことしたのやら」

「…………」

洗っている間にも、子犬はくぅくぅと鳴いている。

「よしよし、あともう少しだから頑張れ」

チャプチャプ、チャプチャプ。

ひたすら小さな体にお湯をかけて汚れを落としていく。

毛の中に沁《し》み込んでいるからなかなかしつこいな。

ペットなんて飼ったことないから手際が悪いし、これで合っているかもわからないけど……やれるだけはやってみよう。

優しく、優しく、丁寧に……。

そんな俺の姿に感化されたのか。

「よ、葉ちゃん……私も、やる」

水嫌い、浴室が怖いはずのカッキーが自ら志願してくる。

大丈夫なんだろうか。

「無理しなくてもいいよ？」

フルフルと首を横に振り、一歩、浴室内へとカッキーは足を踏み入れた。

ペタッと、素足が浴室のタイルに着いた音がする。

手が、震えていた。

カッキーとはだいぶ仲良くなったと思ってるけど、なんで水嫌いになったのか、浴室が怖いのかはいまだに教えてもらってない。

美紀《みき》の話によると、うちの浴室ではそこまで怖がっている様子じゃなかったって言ってた。

そうすると……この家の浴室に限って、何かあるのかもしれない。

顔が強張《こわば》っている。

ただ浴室に足を踏み入れただけで。

不自然に口が開き、息が上がり始めた。

過呼吸寸前。

これ以上は危ないと思った。

カッキーの両肩を掴《つか》んで、そっと浴室の外へと追いやる。

「無理しないで」

お決まりの頑固な首フリフリ。

こうなったら聞かないのはもうわかってる。

「じゃあ……そっちの洗面台でやってみよう」

浴室に入らなければ大丈夫かと思ってそう提案した。

「あっ……」」

移動のために桶《おけ》に入った子犬を持ち上げる。

俺とカッキーの言葉がハモったとき。

ジョジョジョジョジョジョ～。

おしっこした。子犬が。

「くふっ、くふふふっ」

カッキーの笑い声と一緒に場が和む。

さっきまでの不穏な空気を一瞬で変えてしまうこの子犬は、将来ビッグになる予感。

なんだか、そんな気がした。

◇

時に、偶然は必然だったかのように起こることがある。

俺がこの街にやってきたこと。

たまたま迷子になって、公園でカッキーに出会ったこと。

同じところで子犬を拾ったこと。

俺は特別なことは何もしてなくて、ただ普通に過ごしていただけ。

だけどカッキーの生活は少しずつよくなっている。

何もしてこなかった日々が、勉強をするようになって、苦手な料理に挑戦するようになって、少しずつだけど、今の生活を変えるために努力するようになって。

誰がそれを変えたのかって言われたら……それは絶対に俺じゃなくて、紛《まぎ》れもなくカッキー自身だ。だって俺は、ただカッキーのそばにいただけなんだから。

でも——いつまで経っても変わらないことだってある。

「アンッ！　アンッ！　アンッ！　アンアン！」

「ふぇぇ～～～ん!!」

子犬の鳴き声と、カッキーの泣き声が重なる。

どうしてこうなったのか。

答えは至ってシンプル。

カッキーが散歩中、何もないところでまた転んだからだ。

そしていつもの泣き虫が発動。

それを見た子犬が、カッキーの異常に反応してさっきから吠《ほ》えている。

「カッキー大丈夫？」

「ううう……いたぁ～い～……」

おでこを盛大にぶつけたらしい。芝生《しばふ》の上だったこともあって、幸いにも血は出てないから怪我《けが》の処置は必要なさそうだ。

「カッキーが急に大声で泣くから、ワンコがびっくりしちゃってるよ？」

「うぅ……ごめんんん、ワンコぉ～……」

カッキーは必死に泣くのを堪《こら》えながらワンコを抱っこする。少しずつ痛みが引いてきたのか、それとも可愛《や》いワンコに癒やされたのか。徐々に落ち着きを取り戻してきた。

ワンコも鳴き止み、カッキーから滴《したた》る涙と頬《ほお》をペロペロと舐《な》めている。

「ところでカッキー、ワンコの名前決まった?」

俺が拾ってきた子犬――ワンコはカッキーが面倒を見ることになった。

無計画で拾ってきた俺としては有り難いんだけど、自分のことで精一杯なカッキーにちゃんと世話ができるのかという不安があった。

でも絶対にこの子犬を飼うと母親に頼み込んでから1週間。

カッキーなりに頑張って世話をしている。

幸いなことに、これがきっかけで母親とも少しずつ会話ができるようになったんだとか。

「名前……まだ決まってない」

「いつまでもワンコだとほんとに名前がワンコになっちゃうよ?」

この間だって動物病院で診てもらったとき、犬の名前を訊《き》かれて答えられなかったから仮名でワンコになっている。獣医師さんからも『役所で犬の登録してね』って言われたから、そのときも名前が必要になるだろうし。

「ええ……やだぁ」

「あんま拘《こだわ》り過ぎないで、案外適当に決めちゃってもだんだん愛着が湧《わ》くって。多分」

「多分じゃやだぁ……ちゃんと考えるからぁ」

「よし、もう俺が決めてやる！　その子の名前はペロペロだ！」

「絶対にダメ！　ダメなのっ！　それに全然可愛くない」

ペロペロは即行で却下された。

相当名前に拘りがあるようだ。

名前と言えば……俺はいまだにカッキーの下の名前聞いてないんだけど。

土日はカッキーがうちに遊びに来るから、カッキーの親から名前を呼ばれているところも見たことがないし。

「そういえばカッキーの下の名前、そろそろ教えてよ」

ペタンと芝生《しばふ》に座るカッキーが、上目遣いで俺を見ながら言い淀《よど》む。

「ら、ら…………らぶ」

「……らぶ？」


「……らぶ、り」


「らぶり？　ん、あぁそのワンコの名前か。いいんじゃない？　ラブリ、すごい犬っぽくて」

「…………ばかぁ、葉《よう》ちゃんのっ、ばかぁ！」

「うえぇっ、なんでぇ!?」

「やっぱりやめる！　もう絶対に葉ちゃんには教えてあげないんだから！」

なぜか俺はカッキーの逆鱗《げきりん》に触れてしまったらしい。

こうなったらもう、本当に教えてくれないんだろうな。

というかカッキーの下の名前は……？

――まぁ、いっか。

だってカッキーは、カッキーなんだし。

◇

散歩を終えたら、カッキーの家で勉強会を行うのも最近の日課となっている。

カッキーの部屋は、6畳の空間に折り畳み机と数冊の本があるだけでかなり殺風景だ。

この机は最近買ってもらったもので、以前あったものはほとんど捨ててしまったらしい。

なんでそうなったのか……やっぱり理由は話してくれなかった。

カッキーは優しい子だから、きっと俺に話をしたら余計な心配をかけると思って話さないいんだろう。

俺は勝手にそう思うことにして、深くは詮索《せんさく》しないようにした。

お互い小さな折り畳み机に向かって、俺は問題集、カッキーは教科書とノートを広げて黙々と目の前の問題に取り組む。

カッキーはいつからか、夏休みが終わったら学校に行くと言い出し、今は必死になって勉強を頑張っている。

だけどまだ小学5年生の範囲からは抜け出せてない。

長年の遅れを取り戻すのはそんなに簡単なことじゃない。

それでも一歩一歩、着実に前に進んでいっている。

俺は近所の高校に入学するって目標があるけど……カッキーにもそういうの、あるのかな。

「葉《よう》ちゃん……できた。答え合わせ」

カッキーがノートをこっちに差し出してきた。俺はそれを受け取って答えを確認してみる。

さぁ今度はどうかな……。

「あー……おしい。ここ、計算が間違ってるよ」

「も～……なんで？」

「ふっ……それはカッキーの詰めが甘いからだよ。どうかね、ここは一つ。俺の華麗な計算をとくと見たまえ」

今度は俺がカッキーに問題集を渡して答えを確認してもらう。

どやぁ、どやぁ。

「……よくわかんないけど、葉ちゃんも間違ってるよ。全部」

「え、嘘《うそ》!?　めっちゃ自信あったのに!?　というか全部!?」

「うん、全部」

「そんな……」

拝啓、母さん。

息子は必死に勉強を頑張っていますが、高校に入学するという目標は叶いそうにありません。

「あっ……答えのページ間違ってた。やっぱり全部合ってた」

「はぁ～……心臓に悪いよ」

「ごめんね……あ、1個だけ間違ってた」

「さすがにおっちょこちょい過ぎない!?」

「だ、だって……よくわかんない記号がいっぱいあるんだもん」

「あぁ、パイとかね。おっぱい、なんつって～」

「……葉《よう》ちゃん、気持ちわるい」

そんな冷めた目で見ないで。ちょっとした冗談だったのに。

カッキーはなぜか視線を膝《ひざ》に下げたあと、こっちに目を向けてくる。

「葉ちゃんも、好きなの？　おっぱい」

「もって何、もって」

「男の子はおっぱいが好きって聞いたことがあるから……」

「ふむ、否定はしない。男はおっぱいが好きだ」

「だから葉ちゃんは？」

「アイラブおっぱい！」

「葉ちゃんのエッチ」

「今のは完全にカッキーが言わせたでしょ」

「くふっ、くふふふ……」

俺の性癖がバレてしまった。

いや、おっぱいが好きなんて普通のことだ。

だからギリセーフ？

カッキーはまた、視線を膝に下げている。

「どうしたの？」

「なんでもない……葉ちゃんはエッチ」

そう言って何事もなかったように、カッキーは勉強に取り組み始めた。

こうやって二人で一緒に勉強して、答え合わせをして、息抜きに雑談して。

いつの間にか、その時間が心地よくなっていく。

ねぇカッキー。

嫌いだった勉強が楽しみになるなんて……俺は思ってもみなかったよ。

「葉《よう》ちゃん、この問題が正解だったら……一緒に花火、見に行ってくれる？」

唐突なカッキーの提案。

「花火大会？　この辺でやるの？」

カッキーはコクッと頷《うなず》く。

「それっていつ？」

「今度の土曜日」

この街を離れる前日だ。

あと1日遅かったら断るしかなかった。

こうしてカッキーと過ごせる時間もあと少ししかない。

引っ越しの当日はバタバタするだろうから、実質その日がカッキーと過ごせる最後の日になるかもしれない。

「いいよ。というか別に正解しなくても行こうよ」

「やだ。間違えたら絶対に行かない」

謎の拘《こだわ》り。頑固カッキー。

「カッキーは前に行ったことあるの？」

「うん、お母さんの浮気が発覚するまでは毎年家族で行ってた」

「え……浮気？」

「あっ……なんでもない。忘れて」

さらっととんでもないこと言ったぞ。

しょうがない……ここは聞かなかったことにしよう。

「はい葉ちゃん、できた。答え合わせ」

「どれどれ…………お、合ってる。正解だよ」

「ホントにっ!?　やったぁ！」


今までで一番の、カッキーが喜んでいる姿を見た。

嬉《うれ》しいと同時にちょっぴり罪悪感。

このとき俺は…………カッキーに、嘘《うそ》をついたから――。

第三章　描《えが》かれた理想の女の子

土曜日——花火大会の当日。

今日はカッキーがうちにきて、時間になったら家を出ることになっている。

それまでは美紀《みき》も混ざって部屋でトランプをして遊ぶことになった。

明日引っ越しだからもう使わないものは全部段ボールに詰め込んで、必要なものだけが部屋に置いてある。

そんな段ボールだらけの部屋を見回しては、カッキーが寂しそうな顔を時折見せる。

ずっと前からこの街を離れることはカッキーに伝えてあったけど……いざその時が来るまでは、あまり実感が持てなかったのかもしれない。

ぼーっとしているカッキーに、俺は広げたトランプを差し出した。

「カッキーの番だよ?」

「うん……」

ババ抜き。美紀はすぐに上がり、残すカードは俺が2枚でカッキーが1枚。

数字のカードを引けばカッキーの勝ち、ババを引けば延長という状況。

でもなかなかカッキーはカードを引こうとしない。

　こうなったら……。

「よしカッキー、この勝負で勝ったら特別に俺の宝物をプレゼントしよう！」

「……宝物？　何？」

　俺は段ボールから、スリーブで保護された1枚のカードを取り出した。

　見よ！

「ジャジャーン！　ブルーアイ○ホワイトドラゴンのシクレア！　欲しいでしょ？」

「え………いらない」

「えぇっ!?　これ結構高いんだよ!?」

　親戚のおっちゃんから譲り受けた初期のカードで、売れば2、3万くらいはするって言ってた。

　それをいらない、だと……。

　一連のやりとりを見ていた美紀が口を挟んでくる。

「お兄ちゃん、値段の問題じゃないんだよ。例えば毎晩一緒に寝てる宝物のぬいぐるみをあげるって言われたら、欲しくないでしょ？」

「確かに……ぬいぐるみは欲しくないかも。誰かの大切なものだったら捨てられないし」

「そう、宝物をあげるなんてお兄ちゃんは愛が重たいんだよ」

「そういうつもりじゃなかったんだけど……」

でも美紀《みき》の言うことは、少し的を射ているのかもしれない。何かものがあれば、カッキーと離れても繋《つな》がりができるんじゃないか。そんなことを心のどこかで思っていたから、宝物をあげるなんて唐突に言い出してしまったのかも……。

「宝物はいらないから……葉《よう》ちゃんが描いた絵が欲しい。葉ちゃん、絵が得意でしょ?」

「得意っちゃ得意だけどさ。もらってどうするの?」

「お部屋に飾るの。私の部屋、何もないから」

殺風景で何もなかったあの部屋。

確かに絵があれば少しは華やかになるかも。

「よし、美術が5の俺に任せなさい」

「お兄ちゃんは美術だけが5でしょ」

「うるさいっ。余計なことを言うんじゃない」

事実だけどさ。

カッキーは俺の顔色を窺《うかが》いながら、俺から見て左側のババのカードに手を伸ばした。

あくまでも勝負。無表情を貫き通した。

カッキーがカードを引き抜こうとして——すぐに手を止める。

それから数字のカードに狙いを変えて引き抜いた。

カッキーの勝ちだ。

「なんでわかったの?」

「葉ちゃん、ババ引こうとしたとき……力《りき》んでた」

「え、そうだった? 無意識かな、全然気づかなかったよ。でも普通は引かせないようにしたいのは数字のカードだから結局わからないような……」

「わかるよ。わかる……だって葉ちゃんは……優しい嘘つきだもん」

カッキーは目を細めて俺を見る。


あれ、カッキーって……こんなに可愛かったっけ——。


そんな疑問を抱いていたところで部屋のドアがノックされる。ドア越しに母さんが俺を呼んだから一旦《いったん》部屋を退出した。

「母さん、何?」

「はい、これ」

母さんは1万円札を俺に手渡してきた。お小遣いならこの間もらったばかり。こんな大金はお年玉のときくらいしか拝んだことがない。

「えっ!? いいの?」

「この夏休み、葉は勉強頑張ったからね。この調子で続けなさい」

　母さんが俺の頭を撫《な》でてくる。

　やけに機嫌がいいようだ……さては父さんが何かしたな。

「あとで返せとか言わない？　10日で5割とか闇金ウ○ジマくんスタイルだったらお断りしようかと思うんだけど」

「変なこと言わないの。今日はそれでお友達に好きなもの食べさせてあげなさい。いいわね？」

「わかった！　ありがとう母さん！」

　天に掲げる1万円、中央におわすは諭吉《ゆきち》様。

　この報酬はカッキーがいたから掴《つか》み取れたと言っても過言じゃない。俺一人だったらこんなに勉強やってなかっただろうから。

　部屋に戻って報酬のご報告だ。

「見よ！　母さんから勉強のご褒美《ほうび》を賜《たまわ》ったぞ！」

「ええ～!?　いいなぁ～、お兄ちゃん」

　羨《うらや》ましそうに美紀《みき》が俺の手元を見る。

「美紀にも何か買ってあげるよ。というかそろそろ時間だから早く出よう。二人とも準備して」

　俺がそう言うと……なぜか美紀はクソデカため息をつき、俺に憐《あわ》れんだ目を向けて来る。

「あのねぇ～お兄ちゃん。こういう時は私は行かないいんだよ。やっぱりダメだねぇ～お兄ちゃんは」

「……え？　美紀は行きたくないの？」

「はぁ……」

また深いため息をついた美紀は、俺から視線を外してカッキーを見る。するとすぐにカッキーは首を横に振った。

「美紀ちゃん、しばらく美紀ちゃんともお別れだから……美紀ちゃんも一緒がいい」

「お姉ちゃん……本当にいいの？」

「うん、だって、葉《よう》ちゃんは………」

その後のセリフは、美紀に耳打ちしたから俺には聞き取ることができなかった。

全然話の流れがわからない。いったい俺が何をしたっていうんだ。

「まぁ確かにね〜、お兄ちゃんがそのつもりじゃないなら仕方ないか」

「うん、だから今日は三人がいいの」

「……わかった。じゃあ私も行く。いっぱいたーべよ」

「み、美紀！　少しは遠慮してくれたっていいんだよ？」

「どうしよっかなぁ〜。とりあえずクレープでしょ？　リンゴあめでしょ？　それから綿あめでしょ？」

「甘いものばっかじゃん。もうちょっと腹が膨れそうなものにしない？　焼きそばとかたこ焼きとかさ」

「え～、やだ。お姉ちゃんは何食べたい？　お兄ちゃんに遠慮したらダメだからね？」

「うん……たこ焼き、18個入り。焼きそばとお好み焼き、2人前ずつ」

「おーけー二人とも。まだ行く前だ、少し落ち着こうじゃないか。それとカッキーは数がおかしいから」

「いっぱい食べるぞー！」

美紀《みき》が顔の横で握り拳《こぶし》を作り、音頭を取る。

「「お～！！」」

って、釣られて拳を上げてしまったじゃないか。

果たして、俺が食べる分は残るのだろうか……。

◇

さすがは諭吉《ゆきち》様である。

美紀とカッキーの猛攻に耐えつつ、なんとか少しだけ残金はある。

「お兄ちゃん、またクレープ食べたーい。お姉ちゃんは？」

「たこ焼き、12個入り」

まだ食べる気か。

いったい二人の胃袋はどうなってるんだ。

「もう……もう勘弁して。俺の財布のＨＰは残り６００しかないんだよ」

「お兄ちゃんそんなにお金使っちゃったの？　まったくしょうがないなぁ～」

「しょうがないなぁ、じゃないいんだよ。この口か、この口が悪いのか」

美紀の両頬《ほお》を片手で軽くつぶすと、

「ほめんなはぁ～い」

なんとも気の抜けた謝罪が聞こえてきた。

食べ物ばっかりにお金を使ったけど、俺も楽しめたからいいんだけどさ。

「葉《よう》ちゃん、ごめんなさい……」

一方でカッキーは本当に申し訳なさそうにしている。遠慮しないように、美紀がカッキーをたきつけたのが原因だ。

「カッキーはいいんだよ。でもあと６００円しかないから12個入りはちょっと……６個入りだったらなんとか」

「ううん……いい。本当はもう、お腹《なか》いっぱいなの」

「え、お姉ちゃんそうだったの？　無理しなくていいのに」

「だって、少しでも多く食べたら……二人ともっと一緒にいられると思ったから……」

今日が最後の日だから。ずっと、それを気にしてたのかもしれない。

カッキーは……なんて不器用なんだろう。

でもそういうところが……。

美紀《みき》がカッキーに抱き付く。

「お姉ちゃん、かわいい〜！」

そう、かわいい子なんだと。


俺だってもっと……カッキーと一緒にいたい。


「カッキー、今日約束した絵。描いておくから明日取りにきてよ。そしたらまた明日も会えるでしょ？　だから気にせず楽しもうよ」

「そうだよお姉ちゃん。だからとりあえず……一緒にかき氷食べよ？」

「うん……うん！」

すぐ目の前にあった屋台を美紀が指差し、カッキーは笑顔で答えた。

とりあえずが、どうしてかき氷を食べるという流れになるのか……という疑問は口に出さないようにしておいた。

もちろん費用は俺持ち。

値段は１個３００円。買えるのは二つだけだ。

「お兄ちゃんはいつものブルーハワイ買っていいよ。私はカッキーとイチゴ味半分こするから」

「妹よ。俺のお金だということを忘れてないか」

「元々はお母さんかお父さんのお金でしょ？」

「ぐうの音も出ない正論は聞きたくない。まぁいいよ、今日は特別な日だし」

「ありがとー！　お兄ちゃん」

「葉《よう》ちゃん、ありがとう」

俺たちは買ったかき氷を手に屋台を離れる。

街並みを見渡せる丘が穴場らしいから、最初はそこで花火を見る予定だったけど……丘を登っている途中でカッキーが『高くて怖い』と言い出したから行くのを止《や》めることにした。

どうやら重度の高所恐怖症っぽい。

お別れの前日に……俺はまた一つ、カッキーのことを知った。

結局俺たちは、河川敷にレジャーシートを広げて腰かける。

食べ歩きと立ち食いばかりであまり花火を見られずにいたからな。ゆっくりと見ておこう。

俺たちはかき氷をつつきながら、夜空に上がる花火の鑑賞に浸る。

夏の風物詩——夜空に舞う花火を見ていると、今年過ごした夏休みの思い出が甦《よみがえ》る。

知らない街にきて、カッキーと出会って。

勉強ばっかりの日々だったけど、それでもなぜか楽しくて。

でも今は、すごく寂しくて――。

花火に夢中になっているカッキーの横顔を見ていると、胸が苦しくなった。

この気持ちは――なんだろう。

物思いにふけりながらスプーン状のストローですくったかき氷を手に持っていると、美紀《みき》がそれにパクリとかぶりつく。

「う～ん……やっぱりイチゴのほうがおいしいかなぁ。というかブルーハワイって何味？」

「こら、勝手に食うんじゃない」

「お兄ちゃん……ちょーだい？」

そんな潤んだ目で見てきてもダメだからね。

ダメなんだから……。

「……しょうがないなぁ」

「いただきま～す」

俺の手を使ってまた一口奪われる。

いや、一瞬のうちに二口くらいかきこんだように見えたぞ。

「う～ん……やっぱりわかんない。お姉ちゃんは何味だと思う？」

「ブルーハワイ、食べたことないかも……」

「お姉ちゃんも食べてみる？」

美紀は俺が使ったスプーンで、カッキーのほうにかき氷を差し出した。

美紀の突然の行動にカッキーは動揺している。

はぁ……まったくこの妹は。

俺たちは兄妹だから回し食いとか回し飲みをなんとも思わないけど……家族以外、ましてや異性にそれをやったら嫌がるだろうに。

この妹はできるんだかできないんだかわからないな。

「はぁ……美紀、カッキーが困ってるからやめなさい」

「はぁ……」

なぜため息返しされるんだ。

今回に限っては絶対に俺が正しいだろ。

俺はかき氷の入ったカップを少し回してカッキーに差し出した。

「こっちのほうはまだ手をつけてないから、食べてみてよ」

「うん……」

美紀が持つ俺が使ったスプーンに載るかき氷と、俺が持つカップに入ったかき氷。

それを何回か交互に見たあと、俺が持つかき氷に手を付けた。

……あれ？

なんでそんなに残念そうなんだ？

また美紀《みき》のクソデカため息。

「よくわからないから……もう一口」

そう言ってカッキーは、美紀の持っていたかき氷にかぶりつく。

なんでかわからないけど……俺は今、すごくドキドキしている。

◇

引っ越しの当日——カッキーと会える最後の日。

残った物の荷造りと掃除を行い、午前中は大忙し。

なんとか作業を終えて、午後の便で引っ越し業者が荷物の搬出を始める。

俺と美紀の荷物は少ないから先に運んでもらうことにして、あっという間に積まれていた段ボールは部屋からなくなった。

残す部屋の荷物の積み込みが終わるまで、俺と美紀は何もないこの部屋で待つことに。

大の字になって、天井を眺める。

立ち上がって、大の字になって、天井を眺める。

また立ち上がって、大の字になって、天井を眺める。

全然落ち着かない。

父さんの仕事の都合で引っ越しは少し慣れてるから、そこまで特別なことじゃない。

それなのに……なんでこんなにそわそわするんだろう。

しばらくすると部屋のドアがノックされる。

扉が開く前に、誰がノックしたのかすぐにわかった。

カッキーと約束した時間の10分後だったから。

「お姉ちゃんいらっしゃ～い。少し遅かったね。なかなか来ないからお兄ちゃんがずっとそわそわしてたよ？」

「……ごめんなさい。引っ越しの人がたくさん出入りしてたから……いつ入っていいのかわからなくて……」

「え、もしかしてずっと家の前で待ってたの？」

「うん……30分くらい前から」

最後の最後に、俺は気が利かなかったようだ。人見知りなカッキーがこうなることは、少し考えれば予想ができたはず。

一緒に過ごせる貴重な時間を浪費してしまった。

「ごめん、俺が迎えに行けばよかったよね」

「ううん、私が悪いから……」

「なんもないけどとりあえず座ってよ」

カッキーは部屋を見渡しながら床に座った。

座布団はしまわなければよかったと後悔してももう遅い。

「本当に……行っちゃうの……？」

昨日は段ボールだらけだった部屋が、今は本当に何もない。

カッキーの自室よりも殺風景なこの部屋を見て、かなり寂しげだ。

「なんか、寂しいね～。お姉ちゃんも一緒にくればいいのに」

ポロッと、美紀《みき》が叶わない願望を呟《つぶや》く。

そんなことはできない。それはみんなわかってる。

でもそうなったらいいなっていう、美紀の気持ちと俺も一緒だ。

「う……う、う、うぇ～～～！」

少しだけ見慣れた、カッキーの泣き顔。

少しだけ聞き慣れた、カッキーの泣き声。

出会ってから最後の最後まで、やっぱりカッキーは……泣き虫だった。

「カッキー……今日はカッキーの笑顔が見たいな。このままだとカッキーの印象が泣き虫で終わっちゃうよ？」

「や……やだぁ」

カッキーは鼻水をすすりながら拒否をする。

「次会うとき、カッキーの泣き虫が直ってたらいいな」

「また……会いにきてくれるのぉ？」

「3年後になっちゃうけどね」

カッキーは一度泣き止《や》み——それでもまた、泣き出しそうな声で言葉を絞り出す。

「じゃ、じゃあ葉《よう》ちゃん……約束だよ？　絶、対、に、も、う、泣、か、な、い、から……また会いにきてね？」

「会いに行くよ。でもそしたら……も、う、絶、対、に、泣、い、ち、ゃ、ダ、メ、だ、か、ら、ね？」

カッキーはこくりと頷《うなず》いた。

会いに行くのに条件を付けたけど、そんなことはどうでもいい。

必ず会いに行こう。

それでも俺がそんなことを言ったのは、カッキーが泣き虫じゃなくなって……少しは強くなれると考えたからだ。

カッキーが少し落ち着いてきた頃合いで、頼まれていたものを手渡した。

「カッキー、約束してた絵を描いたんだけどさ……本当にこんなんでいいの？」

「うん……すごい、すごい可愛い……やっぱり葉《よう》ちゃん、絵が上手」

美紀《みき》がカッキーの隣に近寄って絵を覗《のぞ》き込む。

「わぁ可愛い。可愛いけど……なんかお兄ちゃんの願望100パーセントって感じの絵だね」

美紀が率直な感想を述べる。

それもそのはず。

俺は言われたとおりの絵を描いただけなんだから。

リクエストの内容は――――〝俺が思い描く、世界一理想の女の子〟だ。

「可愛いでしょ？」

「ちょっとおっぱいおっき過ぎない？」

「男の理想、Ｆカップだ！」

「ふっ……高嶺《たかね》の花過ぎて一生お兄ちゃんとは縁がなさそうだね」

確かに……こんな子がもしも目の前に現れたら、俺は一生話しかけられそうにないや。

「ありがとう、葉ちゃん……ずっと大切にするから。ずっと……」

その絵を、本当に嬉《うれ》しそうにカッキーは見つめる。
それが俺が見た——カッキーの、最後の笑顔だった。

◇

カッキーと別れてから1週間が経った。

引っ越し後の生活にも少しずつ慣れ落ち着いてきた頃——俺は今日も、机にへばりついて勉強をしている。

こんなに自発的に勉強をやるなんて、以前では考えられなかった。それはカッキーと出会う前との比較。

夏休み中は勉強を習慣にしていたからっていうのもあると思う。きっと一度手を止めたら、また勉強をやり始めるのが嫌になるんだろうな。

これがいつまで続くのかわからないけど……今はこのボーナスタイムの恩恵を受けておこう。

「カッキーできたよ。答え合わせ——」

俺は顔を上げて机の向かい側に目を向ける。

そこにいるのはカッキー——ではなく、妹の美紀だ。

「ちゅぱちゅっ……お兄ちゃん、それ何回目？」

美紀《みき》は右手でチュパチュパと、スティック状のシャーベットアイスを食べながら、左手で本を広げている。

表紙から察するに少女漫画っぽい。

「3回目くらい？」

「5回目だよ」

「……そんなに？」

どうしても勉強に集中しているとき、机の向かい側に人の気配があると、カッキーがそこにいるのだと錯覚してしまう。

「お兄ちゃん、またそれやったら罰金でアイスだからね？」

「なんでそうなる」

「私はお兄ちゃんの実の妹。名前を間違えるなんてあってはならないのだよ」

「確かに……ちなみに、たった今チュパチュパしているそのアイスは誰のかな？」

「お兄ちゃんのー」

「こらっ！」

俺は美紀に飛びかかった。

今日こそは許さない。

こちょこちょの刑だ。

「くひっ、くひひひひっ！」

「そろそろ躾《しつけ》が必要なようだ。このまま笑い死にさせてやる」

「くひひっ、やめっ、お、お兄ちゃん！　これは物々交換の報酬なのっ！」

「また適当なこと言って。俺は美紀に奪われるばっかりで何も物をもらってないよ」

「ほら、これ！　こーれ！」

美紀が俺に何かを差し出してきた。

くすぐるのをやめてそれを手に取ってみる。

「これは……」

それは美紀が撮った一枚の写真。写っているのは俺とカッキー。

カッキーは怯《おび》えながら俺の後ろに隠れるようにしてTシャツの裾《すそ》をきゅっと握っている。

一見するとカッキーの人見知りが発動しているように見えるけど、実際はカッキーが冷蔵庫に入っていた美紀のプリンを食べるという禁忌《きんき》を犯してしまい、激怒されるとびくびくしながら怯えているだけ。

そうして事情を聞く前の美紀が、必死に身を隠そうとするカッキーの不審な動きを物珍しく思い激写したのがこれ。

元はと言えば、俺が勉強中によく考えず『お腹《なか》が減ったら冷蔵庫にあるの適当に食べていいよ』とか言っちゃったのがことの始まりではあるが。

「どう？　アイスと交換する気になった？」

「うん……なった」

「恋しいお兄ちゃんにはぴったしでしょ？」

恋、しい……？

「それって、恋ってこと？」

「そうなんじゃなーい」

美紀《みき》は再び右手に持っていたアイスにしゃぶりつく。

それから左手で少女漫画を持ち、さっきまで読んでいたページを探している。

「あれ？　どこまで読んだんだっけ……お兄ちゃんが話しかけてきたからわかんなくなっちゃったじゃーん」

「少女漫画って面白いの？」

「面白いよ？　中にはヒーローが総理大臣とかとんでも設定があったりなんかして」

「それはとんでもなさそう……ほんとに少女漫画なのそれ」

「まぁ今のは極端な例で、男の子が読んでも楽しめる作品はいっぱいあるよ。お兄ちゃんも読む？　勉強ばっかりやってないで少しはこういうので女の子の心を学ばないと」

「……いや、いいや」

俺は問題集に再び向き合う。
その前に、カッキーと撮った写真を机の上の真向かいに置いた。
そうしたらなんとなく、カッキーがそばにいる。
そんなことを感じながら……ひたすら勉強に励む。

恋しい——この気持ちが、恋ってことなのかな。

そんなことを頭の片隅に置いて、シャーペンを握る。
これでもし高校に落ちたら……格好がつかないな。
だからこれから頑張ろう。

また3年後、カッキーと会う日まで——。

【柿】は谷底へ、そして暗闇の中

ブクブクと――浴室の浴槽に泡が立つ。
肺から出た空気が、お湯を通り抜け空中に放出する音。
私の頭の上には、お父さんの手。
私はとってもとっても苦しくて、バタバタと必死に手足を動かす。
しばらくしてからお父さんは手を離した。

「何やってんだ……俺は……」

その一言だけを残して、お父さんは浴室から出ていった。
たった一度きり。
それっきりだったけど……それ以来、私はお水が怖くて怖くて仕方がなくなった。

お父さんは、昔は優しかった。
だけどお母さんの過去の浮気が発覚して、私が本当はお父さんの子どもじゃないってことがわかった途端……急に冷たくなった。

気に入らないことがあると、すぐ私に当たってくる。

そんな生活を送っていたら……お父さんのことが大嫌いになった。

お父さんが買ってくれたものなんてもういらない。

だからお部屋にあったものは全部捨てた。

そんな私の行動に対して、お母さんは何も言ってこない。

きっと負い目を感じているんだと思う。

自分が悪いことしたからって……。

私がこんな目にあっているのはお母さんのせいだって、お母さんに言っちゃったあの日から
……お母さんとの会話はなくなった。

たまにお母さんと目が合ったときは、とっても悲しそうな顔をしている。

ただ、お父さんが私に当たっているのをお母さんが見たときは庇《かば》ってくれた。

そしたらお父さんとお母さんはすごく喧嘩《けんか》する。

だから、おうちにいるのがつらくなった。

どこか遠くのほうへ行きたい。

そんな願望はあっても、小学生の私にそんな力はない。

だから行き着いた先は近所の公園だった。

遊具が撤去されてから、ほとんど人が寄り付かない場所。
豚さんの遊具の中が、私のおうちみたいになっていた。
そこで何かをするわけでもない。
体育座りをしながらじっと、暗闇の中で出口の光を見るだけの日々。
だけどここに居ても嫌な出来事はたまに起こる。
私と同じ年頃の男の子が、いじめにやってくるから……。
結局学校に行かなくても……私は蔑《さげす》まれた扱いを受けるんだ。

お父さんが大嫌いだ。
お母さんが大嫌いだ。
私をいじめてくる男の子が大嫌いだ。

でも、何もできない自分が……一番大っ嫌いだ。

このまま、消えてなくなりたい——。

そう思っていたときに葉《よう》ちゃんが現れた。

私を暗闇から連れ出して、とっても優しくしてくれる男の子。

葉ちゃんと出会ってから、毎日が楽しくなった。

明日なんて来なければいいのにって思っていた毎日が……早く葉ちゃんに会いたいなって、早く明日が来ないかなって。

そう思えるようになっていた。

今の私でも、できることをやってみよう。

お母さんとも少しずつお話しをするようになって、当たってくるお父さんにも嫌だってちゃんと言えるようになった。

おうちのことは心配かけたくないから、葉ちゃんには黙っていたけど……こうして変わるきっかけをくれたのは、葉ちゃんのおかげだと思ってる。

そんな葉ちゃんとの日々も、夏休みと一緒に終わる。

葉ちゃんがお引っ越しでこの街を離れるから。

とっても寂しかった。

行かないでって、本当は言いたかった。

でも、そんなことを言ったら葉ちゃんを困らせるだけだから……。

私は悲しくて悲しくて……おうちに帰ってからは一人で泣き出してしまう。

そんな弱い自分を変えたくて、強くなりたいと思った。

だから葉《よう》ちゃんが絵を描いてくれるって言ってくれたときに、私はこうお願いした。

〝葉ちゃんが思い描く、世界一理想の女の子〟


きっとその女の子は、私なんかと違ってなんでもできて、絶対に泣いたりしない強い子で。

とっても優しくて、とってもすてきな葉ちゃんにお似合いな女の子。

葉ちゃんから絵をもらって初めてそれを見たとき……私は、こんな女の子にはなれないなって思った。

でも、いいの。

その絵を見て、私も頑張ろうって勇気を貰《もら》えればそれでいい。

それにとっても可愛い絵だから、早くおうちに帰ってお部屋に飾りたい。


葉ちゃんとお別れしたあと、その絵を両手で大事に持っておうちに向かう。

時折立ち止まっては、絵の中の女の子を見る。

「可愛い……可愛いなぁ」

お別れはとってもとっても寂しかったけど……もう泣かないって決めたから、泣かない。

葉ちゃんがまた会いに来てくれるまで……この子《絵》がいてくれれば、きっと大丈夫――。

「おいてめぇ、何勝手にいなくなってんだよ」

公園の横を通り過ぎようとしたときに、男の子が私を呼び止める。

私のことをいじめる、悪い男の子。


私はこの絵の女の子みたいに、強い子になるんだ。


駆け出そうとした瞬間に、髪の毛を引っ張られて転倒する。

絵が汚れないように、潰《つぶ》れてしわくちゃにならないように、必死に腕を伸ばした。

男の子は絵を持ち上げようとする。

そんなに強く引っ張ったら……このまま私が手に力を加えてたら、絵が破れちゃう。

そう思ってパッと手を離した。

「だめぇ！　返してっ！」

初めて男の子に言い返した。

でも……きっとそれが、いけなかった。

男の子は両手で絵の上部を持つ。

それから私の顔を見て——不敵な笑みを浮かべた。

第四章　高嶺の魔法使い

カーテンから透ける光が眩《まぶ》しくて目が覚めた。

時刻は朝の7時30分——気づいたら寝ていたらしい。

机に突っ伏した腕の下には未解答の数学の問題。

そして右手にはカッキーと撮った写真。

今日は高校1年生の2学期で、夏休みの宿題の提出日。

俺は盛大にやらかしてしまったようだ。

もう今から宿題に取りかかっても間に合わない。

幸いにもやっていないのは数学の残り3問だけ。

俺はもう、開き直ることにした。

ごめんなさいして、先生のお許しを乞《こ》うしか生き残る術《すべ》はない。

とりあえず起きて身支度を済ませよう。

こんなに朝のんびりできるのも、徒歩で通える近くの高校に入学できたからこその特権だ。

もしも6時に起きて電車とバスを乗り継いで——なんて状況だったら、俺は今頃大遅刻していたところだ。

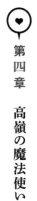

そうならなかったのも、この街でカッキーとまた会えることを楽しみにしていたから、続けて勉強を頑張ってこられたんだと……今頃になって、そう思う。

そんなことを朝っぱらから考え出したのは、今右手に持っているこの写真のせいだろう。

人は思い出の中で、一番最初に声から忘れていくらしい。

言われてみれば、俺もぼんやりとしかカッキーの声を思い出せなくなっている。

深夜に思い出したカッキーとの日々も、こうやって徐々に忘れていくのかな……。

俺はまた、引き出しを開けて写真を一番奥にしまった。

さすがにまた思い出に浸っていると、本当に遅刻してしまいそうだから。

◇

「葉《よう》、おはよう」

下駄箱に靴をしまっていると、爽《さわ》やかな挨拶《あいさつ》が俺を呼び止めた。

声の主は陽介《ようすけ》だ。

「おはよう。始業式の憂鬱《ゆううつ》な朝の学校で最初に挨拶したのが陽介だった俺はきっと幸運に違いない」

「朝からよくそんな呪文みたいなことをスラスラと言えるよね」

「先生にどう許しを乞《こ》えばいいのかブツブツ考えてたらやたらと口が回るようになってね」

「あぁ、さては宿題やってないね」

「ご名答。ということで……お答えをお見せしてはくれませんかね？」

「うん、それはダメだね。だってそれじゃあ葉《よう》のためにならないもん」

俺が想定していた脳内陽介《ようすけ》と同じ回答が出た。

しょうがないから怒られるしかないか……。

「やってないのって何？」

「数学だよ。3問だけできなかった」

「できなかった？」

「すんません……やらなかったです」

「素直でよろしい。正直に答えた葉のために……今すぐ楽になる最適解を教えてあげるよ」

俺が諦《あきら》めモードに入っていたところで、陽介からの助言。

これは聞かないわけにはいかない。

どんな必勝法があるのか、陽介の声に集中した。

けど——それは秘策でもなんでもなかった。

「今すぐ先生に謝ってきな」

ただ、それだけだった。

チャイムが鳴るまであと10分。

職員室で話をする時間はまだある。

「謝ればいいの？　それだけ？」

「そうだよ。葉は今先生に会いたくないって思ってるでしょ？　だからこそ自分から会いに行くことに意味があるんだよ」

メンタリスト陽介には俺の心理は筒抜けなようだ。

俺は続きの言葉に耳を傾ける。

「長く先生をやっていたら、宿題をやってこない生徒がいるなんて特別変わったことじゃないと思うんだよ。でも自分から謝りに来る生徒はそれだけで特別になる。と、俺は思うんだけど……葉はどう思う？」

「陽介の言うとおりだと思う……」

「怒られるとは思うけど……それが一番傷が浅くて済むよ。でも嘘《うそ》はダメだからね。余計に怒らせることになるから」

「ふー……わかった。行ってくる」

陽介に背中を押され、昇降口からすぐ近くの職員室に入った。

陽介の『今ならできる』と思わされる巧みな話術により、入室前の心の準備なんてものは不要。

狙いは担任の石崎《いしざき》先生——ではなく、数学担当の中村《なかむら》先生だ。

「先生、おはようございます。今日もいいお天気ですね」

「おはよう。あいにくと曇りだけどな」

パソコンを打つ手を止めた中村先生は、椅子《いす》を回してこっちを向いた。

薄毛で白髪交じりの頭に四角いメガネ。体育教師じゃないけど、ネイビー色のジャージを上下に着ている。

「いやですね先生。『いいお天気ですね』は、やましいことがあるときにとりあえず使う常套《じょうとう》句《く》じゃないですか」

「そんな話は聞いたことがないぞ。そんなことよりどうした？」

「先生、一応今のボケだったんでもう少し会話を広げてはくれませんかね？」

「そうしてやりたいところだがあんまり時間なくてな。もう一度訊《き》くがどうした？」

くそ……ちょっと和やかな雰囲気にして打ち明ける作戦は失敗に終わったか。

仕方ない。

「宿題をやりませんでした！　すみません!!」

謝罪とともに勢いよく頭を下げた。

頭上からは先生の低い声が聞こえる。

「……ずいぶんと潔《いさぎよ》いな。『忘れました』ってセリフは腐るほど聞いてきたが、『やりませんでした』っていうのは初めて聞いたぞ」

さっき陽介《ようすけ》に似たようなことで突っ込まれたからな。

陽介に出会わなかった世界線では、先生が腐るほど聞いてきたセリフを口にしていたかもしれない。

でも誤解がないように補足をしなくては。

下げた頭を元に戻す。

「正確には3問だけやりませんでした！」

「本当だろうな？　嘘《うそ》だったらひっぱたくぞ」

「それはまずいですよ。今の時代、体罰だなんだってうるさいんですから」

「いいから早く見せろ」

早く寄越《よこ》せと左手を出す先生に、カバンからやりかけのプリントを手渡した。

先生は机に右肘《ひじ》をつきながら内容を確認している。

「本当に3問だけやってないみたいだな。他は…………計算間違いはあるがちゃんと解こうとしてるのがわかる。どうして最後までやらなかった？」

「別の難解過ぎる問題が気になって……それを解こうとしてたら寝落ちしてしまいました」

「なんだ？　難解っていうのは。言ってみろ」

「……もしかして先生には解けたりします？」

「あんまり俺を舐《な》めるなよ。数学教師を何年続けてると思ってんだ」

「えーっと…………髪の毛から察するに30年くらいですかね？」

先生から繰り出された軽めのローキックが俺の太ももに直撃する。

「蹴《け》り飛ばすぞ。25年だ」

こっちはこっちで別の問題が発生しそうだから『先生、もう蹴ってます』というツッコミは敢《あ》えてしないでおいた。

「すみませんでした。難解過ぎる問題というのはですね——」

陽介《ようすけ》は言ってたな。嘘《うそ》はつくなって。

だからちゃんと正直に言うぞ。


「恋って……なんでしょうか」


問題が数学に関してのものだと思っていたのか、先生はキョトンとしている。

今静止している先生の恋愛事情はどうなんだろうと、外見的特徴から確認してみた。

プリントを持つ左手の薬指には指輪。

どうやら既婚者のようだ。

「……ぶふ、はっはっはっはっは！」

職員室に先生の笑い声がこだまする。

いつも黒板の前で真面目《まじめ》に講義している姿しか知らなかったから、こんな風に笑っているのがちょっと意外。

「それが本当に気になって課題が解けなかったのか?」

「はい、確か夜中の3時くらいまで考えてました」

「お前面白いな……確か成績上位のほうだったろ。頭がいいのか悪いのかわからんやつだな」

「本当は勉強嫌いなんですよ。だから普通に生活してたらアホの部類だと思います」

「よくそんなんでこの高校入れたな……」

仰《おつしや》るとおりで。

ずばずばものを言ってくるけど、決して不快な気持ちにはならない。

教師歴25年は伊達《だて》じゃないようだ。

「それで恋の回答はなんでしょうか」

「そんなものはスマホで検索すればいいだろ」

「ググって出る答えじゃなくて……俺は先生の考えた答えが知りたいです」

「それは哲学的な話か何かか?　俺は数学教師なんだが」

「国語の教師だったら答えが出ます?」

先生は顎《あご》に手を当てる。

「ふん……お前が言ってるのは辞書で引いて出る答えって意味じゃないんだろ？」

「はい、そういうことです」

先生は少し表情を険《けわ》しくした。

こんな勉強以外の質問にそんな真剣な顔で考えてくれるなんて……いい先生だな。

「そうだな……俺が妻と出会ったのは20年前の――」

「ちょっと待った先生！　その話の入り方はめちゃくちゃ話が長くなりそうな感じじゃないですかね？」

「……確かに、妻のことを語り出したら長くなりそうだ。それにこれは恋というよりも愛の話だしな」

「あ、愛でもいいですよ？」

「いいのか？　愛と恋は別物だぞ？」

「はい、愛も知りたいので」

「お前は将来心理学者にでもなるつもりか？」

「いえ、全く」

「まぁいい……そうだな。愛っていうのは……一番わかりやすいのは『その人のためなら死んでもいい』っていう感情があるかどうかだ。それで言うと、お前が知りたかった恋にそういうものはない。愛に変わる前の未成熟なものがあるから、恋を説明するのは難しいんだろうな」

愛にならない、未成熟な恋——俺には到底考え付かないような発想が先生の口から出た。

結局恋がなんなのかはわからなかったけど……なんとなく、今後のヒントになりそうな予感がする。

「あっ!?　もう時間がない。佐原《さはら》、久しぶりに笑わせてもらったから宿題の件は明日までにやってくれれば大目に見てやる。もう行っていいぞ」

「本当ですか？　ありがとうございます。ところで先生はなんでそんなにお焦《あせ》りに？」

「いいか佐原、よーく覚えておけ？　大人になってもな……宿題ってのは、あるんだぞ」

「……貴重なお時間を頂戴してしまい、大変申し訳ございませんでした」

俺は先生に深々と頭を下げて職員室をあとにした。

チャイムがなるまであと5分。

「葉《よう》、どうだった？」

「あれ、陽介《ようすけ》。ずっと待ってたの？」

「うん、ちょっと気になったからね」

「陽介……今の俺の気持ちはきっと愛かもしれない」

「よくわからないけど気持ち悪いからやめて」

職員室での出来事を話しながら、俺たちは自分の教室へと歩を進める。

するとなぜか、E組のほうで人だかりができているのが目に映る。

「陽介《ようすけ》、あれ何かな？　事件とか？」

「さぁ、なんだろうね……あ、おはよう。あの人だかり何？」

E組のほうから歩いてきた、俺たちのクラスメイトの男子、須藤《すどう》くんに陽介が声をかけた。

その表情はなぜかニヤついている。

「なんでもE組にめっちゃ可愛い子が転校してきたらしいよ。俺もさっき見てきたけどめっちゃ可愛かったわ。マジ芸能人レベル。レベチだよレベチ」

「へぇ～、そうなんだ。葉《よう》も転校生見に行く？」

「いや、俺はいいよ。今は自分の教室のほうが気になるからさ」

「まぁ……だろうね」

そう、今は立花《たちばな》さんのことが一番気になる。

あの花火大会の日から一度も顔を合わせてない。

教室で今、どんな顔をしているのか。

それが一番の気がかりだ。

陽介に続いて教室に足を踏み入れる。

真っ先に見るのは立花さんの席。

いつもなら周りに藤沢《ふじさわ》さんと大澤《おおさわ》さんがいて、楽しそうに会話をしている。

はずなのに——席には誰もいない。

もうすぐで予鈴が鳴るのに教室にいる人は少なめ。

E組の方向から教室に入るクラスメイトがちらほら。

どうやら野次馬に行っているようだった。

もしかしたら立花さんもE組に行ってるのかな。

一瞬そう思ったけど、大澤さんと藤沢さんは教室にいる。

次に確認するのは新《あらた》の席。

逆にこっちはE組を見に行っているのかと思ったけど、おとなしく席に座っている。

微動だにしない。怖いくらいにおとなしい。

今の新は……太りに太ってパッパツになった制服、色白を売りにしていた肌はこんがりと焼け、ストレスか食生活の乱れか……顔面はニキビだらけ。

そこに加わるスキンヘッド。

そんな外見の変貌よりも、今は内面の様子が気にかかる。

なごみでの一件があったばかりだけど、声をかけることにした。

「おはよう、新」

無視。

というよりも、俺の声がまるで耳に入ってない。

生気を刈り取られ、死んだ魚のような目をしている。

「新《あらた》……大丈夫?」

無反応。

手を顔の前で振ってみても、瞬きの一つもしない。


いったい何があったんだ……?


俺は新が一番反応しそうなことと、今気になっていることが同時に解決する言葉を口にすることにした。

それは好きな芸能人とか、E組に可愛い子が転校してきたとかじゃない。

この間、ファミレスで聞いたのと同じようなこと。


「ねぇ新、立花《たちばな》さん今日きてる?」


ビクッと体が反応した。

目だけがこっちを見る。

怯《おび》えた目だ。

「お前……もしかして、知ってたのか？」

「……え？」

「お前知ってたんだろ⁉　最初から全部！　ふざけやがって！」

新は勢いよく立ち上がり、俺の胸倉を両手で掴《つか》んでくる。

突然取り乱す新。

「何やってんの！」

すぐに陽介《ようすけ》が止めに入り、俺から新を引きはがす。

全く意味がわからない。

新の発言の全てが、俺には理解できない。

新がなんで怒っているのか……俺にはいくら考えても答えが見つからない。

「新《あらた》……わかんないよ。ちゃんと説明してよ。俺が悪かったのなら謝るからさ……」

「ちげぇ……ちげぇよ。悪いのはお前じゃなくて——」

新は席について両手で顔を覆う。

こぼれる声が微《かす》かに聞き取れた。

それはさっき、新が言ったセリフの続き。


〝悪いのは全部、俺だ〟って——。

◇

立花《たちばな》さんは今日、学校を休んだ。

入学してから初めての休み。

宿題を忘れたからズル休みをしている……立花さんに限ってそれはないだろう。

新の様子もいつにも増しておかしい。

何か関係があるとしか思えない。

そんな新は宿題を全部持ってこなかったらしく、先生に職員室へ連行されていった。

ファミレスであれだけ宿題をやってたのを俺は知ってるから、本当に持ってくるのを忘れただけなんだと思う。

午前の始業式を終えて、今日はこれで帰宅となる。

事情を聞ける二人がいないんじゃしかたない。

今日はとりあえず帰ってまた明日――そう思っていると、藤沢《ふじさわ》さんが俺の席にやってくる。

「ねぇ、よーちん。最近あいから連絡あった？」

「……ううん、何回かメールしたけど返信ないんだよね」

「そっかぁ……。うちとゆずっちも返信ないんだぁ。電話も出ないし、心配だったから家に様子を見に行ったけど出なかったし……」

「そうなんだ……そういえば立花さんってメッセージアプリやってないの？」

「うん、勝手にグルチャ入れられたりしそうだからやりたくないって。あいって……ああ見えて人見知りなんだよ？　全然そんな風に見えないよね。あいの本アド知ってる人なんて数人しかいないんだから」

「え……そうなの？　誰とでも普通に会話してるよね？」

「あい……多分無理してるんだよ。だからそういうのが積もり積もって体調崩しちゃったのかなって、思ってるん、だけど……」

心配からか、藤沢さんの声が徐々にトーンダウンしていく。

立花さんが無理してる……？

あの立花《たちばな》さんが……？

本当にそうなのかな。

「ねぇ、よーちん……ちょっとあいの家に様子見に行ってきてくれない？」

「え、俺が？」

「うん、よーちんが」

「いきなり俺が行ったら迷惑じゃない？　それに人見知りだって話が出たばっかりだし」

「はぁ……あー、もうっ！　よーちんは特別だからいいのっ！　だから行ってきて！」

「は、はい！」

突然大声を出す藤沢《ふじさわ》さんの圧に押され、了承してしまった。

本当に俺がいきなり行っていいの？　この間武田《たけだ》さんの家に行ったときとはわけが違うぞ。

メッセージで立花さんの住所を送ると言われ、藤沢さんは俺から離れていった。

「な、なぁ！　佐原《さはら》」

俺たちの会話が終わるのを見計らっていたのか、クラスメイトの須藤《すどう》くんが俺の名前を呼んだ。

今まで話をしたことがなかったから声をかけられるのは珍しい。

「どうしたの、須藤くん」

「男にくん付けされるのはなんかキモいからやめて」

あぁ、この人はこっちのタイプか。

俺は転校を何回もしてるから、いろんな男子と会話をしてきた。

初対面で呼び捨てすると怒るタイプがいるから、基本はくん付けで呼んでいる。でもまれに逆のパターンもいるのがややこしいところ。

「うーん、じゃあ……須藤くんだから略して『すーくん』はどうかな?」

我ながら一発で超いいあだ名が完成したぞ。

これでネーミングセンス0と言われた男は今日で卒業だ。

「それ、結局くんが残ってるじゃん」

「……あれ? 確かに。でもこの場合のくんは漢字で君《くん》と書くほうじゃなくて、特別意味がないただの『くん』だからね」

「くんくんくんうるさいなぁ。もうなんでもいいから。それよりも転校生がお前のこと呼んでるんだけど……どういう関係? そういう関係じゃないなら紹介してよ……あぁ、ダメだ。可愛すぎて直視できねぇ」

すーくんがチラチラと、教室の扉の前に視線を送っている。

今日の朝、話題になっていた噂《うわさ》の転校生が俺を呼んでいる?

全く身に覚えがないんだけど……。

そう思いながら、俺もすーくんが向けた視線の先に目をやった。

俺もすーくんと同じようにドキッとして、疑問がすぐに解決する。

あぁ——なるほど。まぁ……そうなるよね。

俺はその子に近寄った。

「初めまして転校生。佐原葉《さはらよう》です。よろしく」

「佐原くんまで……からかわないでください」

ご不満な様子と疲労が顔に出ている。

多分いろんな人に話しかけられて、そのたびに説明して——。

そんなことを何度も繰り返してたら、疲れちゃったのかもしれない。

「みんなびっくりしてたでしょ。武田《たけだ》さんだって気づかないで」

「そうですね……もう今日で終わりにしてほしいです」

「たぶん明日からは先輩とかもいっぱい見にくるよ?」

「もう嫌です……なんとかしてください」

「こればっかりは仕方ないね。美少女の宿命ってやつだよ」


「それでは佐原くんが……その宿命というものから解き放ってはくれませんか?」

武田さんは上目遣いで俺を見る。

どういう意味かわからない。

今頭に浮かぶのは、目の前の生物が可愛いってことだけ。

どう言葉を返せばいいのか——思考が停止した数秒の沈黙の間に、すーくんが会話に割り込んでくる。

「あのっ！　俺、須藤君人《すどうきみひと》っていいます。すー君《くん》って気軽に呼んでくれたら嬉《うれ》しいです！」

「なんだよすーくん。俺が付けたあだ名、超気に入ってるじゃん」

「断じて違う。この場合の『くん』は特別意味がないただのくんじゃなくて、俺の名前の君人《きみひと》の君《きみ》って書いて君《くん》と読むほうだから」

「うーん、ややこしい。ややこし過ぎる男は嫌われちゃうよ？」

「絶対お前にだけは言われたくない」

俺たちの会話を聞いていた武田《たけだ》さんは、すーくんの顔をジッと見つめていた。

それにすーくんが気づき、照れ顔を見せる。

「な……なんですか？」

「あ、いえ……すみません」

武田さんはスッと視線を逸《そ》らした。

なんか様子がおかしい。

「どうしたの？」

「いえ、なんでもないです……」

「なんでもなくないでしょ。なんか変だよ？」

「ここでは、ちょっと……」

言い渋る武田さん。

武田さんのモジモジする様子を見て、すーくんが小さくガッツポーズを取る。

ジロジロと顔を見てたから……自分が武田さんのタイプの顔だと思ったのかも。

脈ありだと勘違いしているすーくんが言葉を促す。

「気になることがあったらなんでも言ってよ。あっ、連絡先交換する？」

「あ、いえ、そういうことではなくて……」

「これから仲良くするんだし、なんでも遠慮なく言ってよ」

「本当に……いいんですか？」

「もちろん！」

すーくんの淀《よど》みない明るい返事。

武田さんがこれだけ言い渋るってことは、いいことじゃなくて悪いことが起こるんじゃないか。そう思っていると……俺の悪い予想は的中してしまう。

「以前、廊下ですれ違ったときに……舌打ちをされてしまったことがあったので……」

俺は状況を理解した。

言われた当の本人は全く身に覚えがない。そんな様子だ。

「え、嘘《うそ》でしょ？　だって今日転校してきたんだし。それ絶対俺じゃないって」

「あの、私、転校生じゃないです……」

今日このセリフを何回も言った。そうに違いない。

「……え？」

「以前からこの学校に通っています、Ｅ組の武田千鶴《たけだちづる》です。佐原《さはら》くんと一緒にいた太っていた生徒を……見たことがありませんか？」

「Ｅ組の武田……？　それって……あの、デブ？」

「はい……」

「あなたがその、デブの、武田さん？」

「そうです……」

「う、う、うそだぁぁぁ！」

すーくんは天を仰《あお》ぎながら叫んだ。

俺たちの会話を盗み聞きしていた、数人のクラスメイトからも驚きの声が上がる。

「どういうことだ佐原！　俺はてっきりお前がデブ専になったとばかり思ってたんだぞ！」

「さっきから本人を目の前にデブって言うの印象悪いよ」

「それは悪かった。でもデブ専のデブは専門の専とセットで使う言葉だからいいだろ」

「やっぱりややこしいなぁ。ところで……舌打ちはしたの？」

俺がそういうと、すーくんはばつが悪そうな顔をする。

心当たりがあるっぽい。

人違いとか、武田さんの勘違いとかではないようだ。

すーくんは動揺しながら言い訳を始める。

「えーっと……その、舌打ちしたのは……そう！　血だ！　制服に血がついてるよーって教えてあげようとしたんだよ」

「言い訳が超苦しいよすーくん……正直者のすーくんになるには今がチャンスだよ？」

俺がそう促すと、すーくんはすぐ武田さんに頭を下げる。

「ごめん！　ちょっとイライラしてるときに……やっちゃったかもしれない……」

「……もういいですよ。怒ってないですから頭を上げてください」

すーくんは体勢を元に戻した。

武田さんは許したけど、俺はどうしても疑問が残る。

「どうして武田さんに舌打ちしたの？」

「それは……その…………」

「その？」

「おとなしそうだったから……何も言ってこないだろうと思って……ごめん、最低だよな」

武田《たけだ》さんに何かされたとかそんなんじゃなくて、たまたまストレス発散のターゲットにした。とんだとばっちりだ。

武田さんの許しは得たけど、第一印象は最悪。

ここからすーくんが、武田さんと仲良くなるにはハードルが高いだろう。

すーくんが俺の両肩をガシッと掴《つか》んでくる。

「なぁ、実は痩《や》せてるときの姿見たことあったんだろ？　だからあんな……こんなん、ずりいよ佐原《さはら》！」

人は少なからず、見た目で判断してしまうものだ。

見た目で判断するのはよくないって意見の人も、あの人は顔が怖いから話しかけづらいとか、あの人はガタイがいいから喧嘩《けんか》が強そうとか、本能的に考えたことがあると思う。

外見的特徴から全く何も思わない人は少ないだろう。

俺だって一目惚《ひとめぼ》れをしたことがあるから、痩せた武田さんを見て感じたすーくんの気持ちがよくわかる。

それでも絶対にやっちゃいけないのは……人を見た目だけで判断すること。

「ねぇすーくん……もしも武田さんが太った姿に戻ったとしたら、どうする？」

「そしたら痩せるまで全力でサポートする」

「本人がそれを望まなかったら？　一生そのままだったら？　ある日突然、世界で一番醜い姿になったとしたら？」

「それは…………」

すーくんは言葉に詰まる。

仕方のないことだ。

すーくんは武田さんの見た目しか知らない。

美しい外見という、すーくんが唯一好きな部分を取り除いたとき……すーくんが抱く武田さんへの想いは、何もなくなってしまうんだから。

「俺は別に瘦せて可愛くなると思ったから武田さんと一緒にいたわけじゃないよ？　友達だから、一緒にいて楽しかったからだよ」

武田さんがたとえダイエット宣言をしなくても、変わらず友達でいただろう。

詰め寄るようにいろいろ言っちゃったけど……これだけは最後に伝えておかなくては。

「あと……すーくんは勘違いしてるよ？」

「勘違い……？」

俺は知ってて、すーくんが知らない武田さんの姿。

「武田さんはぽっちゃりしてても、笑顔が可愛かったよ？」

「……そうなんだ」

すーくんが一言だけ返事をすると会話が途切れる。

しばらくして、すーくんは自分の太ももを力強く叩いた。

「あぁ〜、くそ！　失敗したぁ！　俺の馬鹿やろう！」

すーくんは感情を隠さず、やってしまったことへの後悔を口にする。

悪いことはしたけど、謝ってちゃんと反省できる人。

武田《たけだ》さんはいい子だから、この姿を見て少しはプラスの印象に働いたんじゃないかな。

「あれ？」

武田さんがいたはずのほうを見ると、そこには誰もいない。

辺りを見渡してみる。

いつの間にか、どこかに行ってしまったようだ。

教室にきたのは一緒に帰ろうとか、そんな感じの用事だったと思うんだけど……これから立《たち》花《ばな》さんの家に行かないといけないいんだよな。

武田さんにメッセージを送って、俺は教室を後にした。

◇

藤沢《ふじさわ》さんから伝えられた立花さんの家の住所を見たとき、初めて俺の家の近くだと知る。県外の女子中学に通っていたと聞いたことがあるから、てっきり県境辺りのほうなのかと思っていた。

確かこの辺って、カッキーの家の近くだったような……。

スマホのナビアプリを頼りに目的地まで歩く。

途中で豚の遊具が置いてある公園の前を横切った。

そこから少し歩くと、ナビの案内が終了する。

「あれ……？　ここって……？」

足を止めた場所は——カッキーの家。

表札には立花の文字。

俺は高校に入学する前、この街に引っ越してきてすぐにこの家の前にきたことがある。

あの日のことは鮮明に覚えている。そのとき掛かっていた表札は立花ではなく『鈴木《すずき》』だった。

絶対に見間違えなんかじゃない。

たまたま、立花さんが引っ越してきた家がカッキーの家だった……？

こんな偶然って、あるのか？

疑問を抱えながら、3年ぶりにこの家のチャイムを押してみる。

どこにでもある、聞き慣れた音がスピーカーから返ってきた。

しばらく待ってみる。

誰も出てこない。

今は平日の13時。

居留守とかじゃなくて、誰もいない可能性だってある。

もう一度チャイムを押してみる。

やっぱり誰も出ない。

諦《あきら》めて帰るか、誰か帰ってくるまで待つか……。

その前に立花《たちばな》さんにメールを送ってみることにした。

もう少しできることはないか考えた末の行動。

気になってすぐ確認したくなるように、〝外〟とだけスマホに打って送信してみる。

玄関から見える、2階のカーテンが揺れ動いた。

確かあそこはカッキーの部屋。

一瞬だけ人影が見えてすぐにいなくなる。

『葉《よう》……くん《い》……？』

インターホンのスピーカーから聞こえてくるのは立花さんの声。その声はいつもの明るい、天使のような声ではない。

「ごめんね、突然。体調大丈夫？　藤沢さんに頼まれて様子を見にきたんだけど……」

返事が聞こえてこない。

サーッというノイズ音が聞こえるから、通話を切ったわけではないはず。

「立花さん？」

名前を呼んでみる。

しばらくインターホンを注視していると、玄関のほうから扉が開く音が聞こえた。

「上がって？　……葉くん」

◇

家に上がって通されたのは、リビングじゃなくて立花さんの自室だった。

3年前に入ったことのあるこの部屋に、以前の面影は一切ない。

ほとんど何もなかった殺風景な部屋は、散らかっているという意味ではなくたくさんの物で溢《あふ》れている。

本、ぬいぐるみ、化粧品に可愛い雑貨。

白を基調とした、とても女の子らしい部屋だ。

普段の俺だったら、好きな子の部屋に入ったことにドキドキして……あぁいい匂いとか、ベッドにダイブしてみたいとか、ちょっと気持ち悪い思考に陥《おちい》っていたことだろう。

でも今は気になることが多すぎてそれどころじゃない。

何から訊《き》けばいいのか——今俺の頭の中は質問で渋滞している。

とりあえずは立花《たちばな》さんの体調から——。

「葉《よう》くん、この間は……ごめんね？」

俺の沈黙が長かったせいか、立花さんから話題を切り出してくれた。

この間というのは、花火大会のデートの件だ。

夏休みが終わったら——新《あらた》と立花さんは付き合う。

その話を聞かされ、立花さんは俺の前からいなくなった。

俺は怒っているわけじゃない。

ただ……理由が知りたい。

「謝らなくていいから……どうして帰ったのか、話してくれる？」

「その前に……あのあと進藤《しんどう》くんから嫌がらせとか、されてない？」

立花さんは心配そうな表情で、俺の質問に質問で返してくる。

嫌がらせか……されてないと言えば嘘《うそ》になる。

バイト先のファミレス〝なごみ〟にきて、俺をおちょくり挑発してきた。

だけど直接殴られたり、手を出されたわけじゃない。

「されてないよ」

心配をかけないように、俺はそう答えることにした。

「よかった……」

立花さんは視線を下げ、少し安堵《あんど》した表情を見せる。

それから俺がした質問の答えへと繋《つな》がっていく。

「私ね？　ずっと……進藤くんから付き合ってほしいって言われてたの。でも私、進藤くんのことは好きじゃない。ほかに好きな人がいるから……」

そう言って俺を見る。

まるで、それはあなたですと言われたみたいでドキリとした。

「葉くんは知らないかもしれないけど……進藤くんは少し、暴力的なところがあるの。ほかの男の子と仲良くしたら……その人はきっと、進藤くんから暴力を振るわれる。そう思ったから……だから……あの日、葉くんから離れることにしたの」

新の暴力的な一面。それは俺も気づいている。

もしも立花さんが誰かと付き合おうものならば、その人は新から俺が受けた以上の嫌がらせをされるに違いない。

つまり立花《たちばな》さんがあの日、俺の前からいなくなったのは……俺を、護《まも》るため……？

「じゃあ、夏休みが終わったら、新《あらた》と付き合うっていう話は……？」

「嘘《うそ》だよ？　そうでもしないと進藤《しんどう》くんは止められないから……」

ものすごい捨て身な作戦だ。

そんなことをしたら……。

「立花さんは大丈夫なの？　今度は立花さんが何かされるんじゃ……」

立花さんは首を横に振る。

「進藤くんは……可愛い女の子には手を上げたりしないから」

可愛い女の子。

確かに立花さんは可愛い。

だから大丈夫。

まるで立花さんは、自分自身を客観的に見ているかのよう。

立花さんの言うとおり、新が女の子に手を上げたりしないのはなんとなく俺もそう思う。

新と仲がよかった頃、『可愛ければ何でも許す』って話をしていたのを覚えている。

話を聞く限り、立花さんは新のことは好きじゃない。

それどころか、反対の感情を抱いているように見える。

だけど嫌いというわりにはやけに新のことに詳しいような。

「立花さんは……どうしてそんなこと知ってるの？」

俺がそう質問をすると、立花さんは壁のほうを見た。

その壁には何もない。正確には何かを引っかけるフックが付いているだけ。

俺は立花さんの綺麗《きれい》な横顔を見ながら、発せられる言葉に聞き入った。

「私の親友がね？　昔、進藤くんから嫌がらせを受けたことがあったの」

「親友って……男の子？」

「女の子だよ。さっきも言ったけど……進藤くんは可愛い女の子には手を上げたりしないの。それじゃあ可愛くない女の子は……どういう扱いを受けると思う？」

新が言っていた『可愛ければ何でも許す』。

それは裏を返せば『可愛くなければ許さない』ということだ。

「進藤くんは〝私の親友が大切にしていた宝物〟を破いて、踏みつけて……それでも必死に涙を堪《こら》えて宝物を護ろうとする彼女に……こう言ったんだよ」

次の言葉を発するその間に、怒りのような感情が垣間《かいま》見える。

「〝泣いたらやめてやる〟って――――」

それが本当のことなら、新《あらた》はなんて酷《ひど》いことをしていたんだと怒りが込み上げる。

「酷いね……その子は大丈夫だったの?」

「その子はね………どこかに、いなくなっちゃった」

「いなくなった?　……新から逃げたってこと?」

「うん。でもきっとね……今は進藤《しんどう》くんのことを負かせるくらい、強くなってると思う」

「どうして立花《たちばな》さんは……そう思うの?」

「私にはわかるもん。だってその子はね——」

立花さんは遠い日の出来事を懐《なつ》かしむように、

「親友《自分》だったから」


優しい目で、そう答えた。

この話を聞いて、疑問だったもう一つの答えがわかった気がする。

今日の朝、新の様子がおかしかったこと。

間違いなく、立花さんが何かしたに違いない。

「立花さんは……これから新のこと、どうするつもりなの?」

「どうもしないよ。私の大切な人が傷つけられさえしなければ。ただ……」

立花さんはこっちを、俺の目を見る。

「葉《よう》くんは、こんな話を聞いてもまだ……進藤くんのこと、放っておかないでしょ？」

まるで——自分の心の中を覗《のぞ》かれている気分だ。

この間、ファミレスで新に絡まれてもなお……このままにはしてはおけないと思ってしまった俺の心を。

立花さんは見透かしているようだった。

「そうかもしれない……でも、立花さんは嫌だよね。そんな親友を傷付けたやつを庇《かば》うなんて」

これがもし許されないのなら……俺はもう、新と完全に関係を断つつもりだ。

なんとかしたいという想いはあっても、どちらか一つを絶対に選ばなければならないときがきたら……。

〝俺は、自分がより大切だと感じたものを選択する〟

「さっき……その子は私の親友だから、気持ちがわかるって言ったでしょ？」

「うん」

「親友だからね、なんとなくわかるの。その子はもう……昔のことは恨んでないって。でもね、今の進藤《しんどう》くんが昔と同じままだったら……嫌だなって、きっと思うだろうなって」

「そっか……」

「だからね？　進藤くんには魔法をかけておいたの」

「え、ま……魔法？」

「うん、魔法」

なんか急に話がファンタジーの方向に展開したぞ。

立花《たちばな》さんは人差し指を立ててくるくると回す。

まるで魔法使いのように。


「その魔法が解けたとき――進藤くんは生まれ変わるの」


「生まれ変わる？　ばぶぅ～って？」

「ふふっ……そう、ばぶぅ～って。だからその魔法が解けるまで……進藤くんと今までどおり、友達でいてあげて？　きっとそれが……魔法を解く一つのカギになると思うから」

立花さんから提示されたのは、どちらか一方を切り捨てる選択じゃなくて――どちらも選ぶことだった。

いったいどういう魔法をかけたのか。

俺がその魔法を解くのにどういう役目を果たすのか。

今は何も聞かずに、立花さんを信じてみようと思う。

「りょーかい。立花さんって――」

ぐぐぐぅぅ～～～。

優しいねって言おうとしたら……腹の虫が鳴った。

それをばっちりと立花さんに聞かれる。

「葉《よう》くん、お昼まだ食べてないの？」

「うん、学校から直接きたから」

「じゃあ今から作ってあげる。何が食べたい？」

立花さんが作った弁当は何回も食べたことがあるけど、出来立ての料理はほとんど食べたことがない。この際だから、弁当に入ったことがない料理を遠慮なくリクエストさせてもらおう。

「立花さん――オムライス、お願いします！」

◇

俺は今——女の子の部屋に一人でいる。

立花《たちばな》さんが料理を作るため、部屋を退出したからだ。

立花さんと会話ができたこと、体調不良ではなさそうなこと。

それがわかり少し落ち着きを取り戻してきたことで、ようやく今置かれている状況を理解し始める。

今この家には、たぶん立花さんと俺しかいない。

特に深い意味はない。ただの事実としての状況確認。

どう待っているのが正解か。

こういうとき……バレないようにやっちゃいけないことを想像すると少しドキドキする。
①適当に引き出しを開けてみて、出てきた下着を持ち上げ「わぁ〜お」って言ってみる。
②転んだフリをしてベッドに倒れ込み、枕をくんかくんかしてみる。
③そんなとことん気持ち悪い妄想を消しさるため、ひたすら腕立て伏せ。
俺はパターン③を選択した。

「——はぁ、はぁ、はぁ……」

「葉《よう》くん……なんで息を切らしながら倒れてるの？」

部屋に戻ってきた立花さんが、カーペットの床でうつ伏せになっている俺を怪しげな目で見てくる。

ちょっと待てよ。これ立花さんからしたらめちゃくちゃ変態っぽくないか。

何を人がいない間にやってたんだよ感がすごくないか。

「た、立花さん……これは、違うんだ……はぁ、はぁ、ちょ、ちょっと腕立て伏せをしてただけで……」

「……本当に？」

「ほ、ほんとほんと」

「クローゼットとか……開けてないよね？」

「立花さん、神に誓って開けてないと断言するよ。嘘《うそ》だったらリアルに針千本飲んでもいい」

下着はクローゼットの中だったたか。もしも次に来られたときには要チェックだ。

俺の証言に嘘はないと伝わったのか、立花さんはそれ以上俺の状態異常について追及することはなかった。

テーブルに置かれたのはお願いしていたオムライス。

黄金色のふわっふわ卵。完璧《かんぺき》な見た目だ。

「すご……めちゃくちゃ綺麗《きれい》」

「ふふっ……やったぁ！」

「これ、どれくらい練習したらできるの？」

「う～ん……わかんない。いっぱい練習してたらいつの間にかできるようになってたんだ」

立花《たちばな》さんの努力の成果。それを確かめるように、スプーンで卵を割ってみる。

むわっと湯気が立ち、中に見えるのはほくほくのケチャップライス。

いや、違う……鶏肉が入ってるからこれはチキンライスだ。

めちゃくちゃ美味《うま》そう……。

分泌するよだれを飲み込んでから、卵とライスを合わせて口に運ぶ。

柔らかな卵と絶妙な塩加減のライス。チキンはホロッと口の中でほぐれてなくなった。

また一口、もう一口……止まらない。

俺は武田《たけだ》さんが作ったオムライスも食べたことがある。

あれも本当に美味かったけど……。

「立花さん……今まで食べてきたオムライスで一番美味《おい》しいよ」

「ほんと!?」

「うん、佐原《さはら》レコードを更新しました」

「世界ランキング1位？」

「抜かせる人がいないから殿堂入りかも」

立花さんは両手でガッツポーズをして喜びを露《あら》わにしている。

その姿を見て……俺はすごく安心した。

「立花《たちばな》さん、元気そうでよかったよ」

「うん……ごめんね？　心配かけて」

「俺のことはいいよ。でも藤沢《ふじさわ》さん……すごい心配してたよ？　大澤《おおさわ》さんはクールだから表には出さないけどさ……多分同じくらい心配してると思う」

そう言うと、立花さんは物凄《すご》く申し訳ない顔をする。

「うん……ちゃんと謝っておく」

「すごいいい友達だよね」

「うん、私にはもったいないくらい」

「でもどうして……俺に会いづらかったのはわかるんだけどさ。二人にも会わなかったのは、なんで？」

「それは……その……」

立花さんは悪いことをして怒られそうな子どもみたいに、目を横に逸《そ》らす。

「デートをすっぽかして帰ったなんて、桃花《とうか》ちゃんと柚李《ゆずり》ちゃんに言ったら……すごく、怒られそうだから……」

なんか、意外だった。

立花さんにこういう一面があったなんて。

勝手に俺は、立花さんはなんでもそつなくこなす完璧《かんぺき》な人だとばかり思ってた。

でも実際はちょっと抜けてて、不器用なところがあって――。

藤沢さんが言っていた、人見知りなところがあるっていうのも……もしかしたら本当のことなのかもしれない。

「立花さん……連絡返さないほうがもっと怒られるよ？」

「そ、そうだよね……途中からわかってたんだけどあとに引けなくなっちゃって……」

「まぁ気持ちはわからなくもないよ。だから俺も一緒に謝ってあげるからさ……明日から学校、行こう？」

「うん……行く」

これでまた一つ、問題が解決する。

俺はオムライスをかけらも残さずに完食した。

はぁ……美味《うま》かった。

「ごちそうさま。俺、もう帰るよ」

「うん……葉《よう》くん。きてくれてありがとね？」

「こちらこそ、殿堂入りオムライスをありがとう」

立花さんは空になったお皿を持ち上げて、それをジッと見つめる。

「ねぇ葉くん……明日からもお弁当、食べてくれる？」

「もちろん！　こっちからお願いしたいくらいだよ。それじゃ……見送りはいいから」

俺はカバンを肩に掛け、立花《たちばな》さんの自室を出ようとした。

ドアノブに手を掛けたとき、忘れていたもう一つの疑問を思い出す。

振り返って立花さんを見る。

「あのさ、立花さん……」

「なぁに？」

「ずっと前に、この家に住んでた〝柿谷《かきたに》さん〟っていう女の子……知らないよね？」

「……知らないよ？」

「……そっか。そうだよね。ごめん変なこと訊《き》いて」

胸に少しの突っかかりを覚えつつ、俺は未解決の問題を抱えて立花さんの部屋を後にした。

階段を降り、リビングと思《おぼ》しき扉の奥では犬が吠《ほ》えている。

この間、一緒に散歩したココアかな。

遊んでほしいのか、行かないでと——俺を呼び止めてたりして。

そんなことを思いながら、俺は外に続く玄関をくぐった。

【花】は見せられない

葉《よう》くんが部屋を出ていった後、クローゼットを開けて宝物を取り出した。
急いでたから適当に隠しちゃったけど……葉くんの反応からして、これを見られてはいないと思う。

宝物——A3サイズの額縁に入った、可愛い女の子が描かれた一枚の絵。

なるべくわからないように、裏側からテープで留めてあるけど……よく見るとビリビリに破かれた痕《あと》がある。
せっかく綺麗《きれい》に全身を描いてくれたのに、左脚は汚れてしまってほとんど見えない。

大切にするって約束したのに……こんなボロボロになっちゃった。

この絵は絶対に葉くんには見せられない
見せたくない。

葉くんが一生懸命描いてくれたのに……これを見たら、がっかりするかもしれないから。
それでもなお、この絵が可愛いことに変わりはない。

私の、はず、なのに、変なの。

私はその絵を壁のフックに掛ける。
それからいつもみたいに、じっと眺めた。
泣き虫な柿谷《かきたに》なんて、もういない。
私は、何者でもない。

私は、葉くんの理想。

私はただの――――高嶺《たかね》の花の、女の子。

第五章　大きな赤子が生まれるまで

翌日の教室。

立花《たちばな》さんは特に変わった様子もなく、ちゃんと登校してきてくれた。

大澤《おおさわ》さんからボロクソに叱責《しっせき》されてしょぼくれてたけど、俺がなんとかフォローして丸く収まる。

これでいつもどおりの日常——というわけにはいかない。

問題は新《あらた》だ。

昨日に引き続き、席に座って微動だにせずただ前を向いている。

周囲で会話をするクラスメイトの視線が新のほうに向いていることから、その異常にはみんな気づいている。

それでも誰も新に話しかけようとはしない。

みんな警戒してるんだ。

深く関係を持つと、俺みたいに何かされるんじゃないかと思っている。

夏休みの前に新がやらかしたとき、みんなにお願いしたのは〝新が話しかけてきたら〟普通に接してほしいというもの。

今の状況は新のほうから誰かに接触しなければ会話が成立しない。

これでは孤立しているのと変わらない。


立花さんにお願いされたとおり、俺だけでも――。


そう思って新に話しかけようとしたところ、俺よりも先に声をかける人が現れる。

「お、おはよう！　新くん」

あれは――高橋《たかはし》さんだ。

確か新が孤立する前、放課後に新と遊びに行っていた女の子。

こんな状況でもなお、新と関わりを持とうとしてくれている。

それに今の新は、イケメンだったあの頃《入学時》とは程遠い。

それでも高橋さんには、新への想いがまだ残っているんじゃないだろうか。

「……うっせぇ。話しかけんな」

そんな高橋さんの気持ちを踏みにじるように、新は突き返すようなセリフを吐く。

以前の会話はこんなんじゃなかった。惚《ほ》れ惚れするほど高橋さんに優しく接してたはず。

それが今は、見る影もない。

俺は高橋さんとはあまり話をしたことがないけど、容姿だけで言えば普通に可愛い。

〝可愛いは正義〟を掲げる普段の新《あらた》だったら……絶対にこんな対応はしないはずだ。

高橋《たかはし》さんは今にも泣きだしそうな顔をしている。

これじゃあ……あまりにも可哀想《かわいそう》だ。

「新、そんなんじゃ嫌われちゃうよ？」

「ちっ……てめぇもくんのかよ」

「そんなつんけんしないでよ。ねぇ高橋さん、怖いよね～新」

「うん……少しだけ」

「用がないならどっか行けよ」

新は右手を振って、どっか行けとジェスチャーする。

俺はそんなことは気にせずに会話を続けた。

「それ、用があるならここにいていいってことだよね？」

「……ふ、相変わらず口だけは回るやつだな」

新の口元が少し緩んだ。

会話を続ける意志はあるようだ。

「高橋さん、用があるならいいってさ。何かある？」

「うん、新くん……放課後、遊びに行かない？」

「行かねぇ」

「そ、そっか……」

そこで会話が終わる。あまりにも短い。

それなら……。

「じゃあ高橋さん、俺と放課後どっか行こうよ」

「え、え？　佐原《さはら》と？」

俺のことは呼び捨てかい。

そんなツッコミはせずに続ける。


「うん、新なんかとじゃなくてさ……〝イケメンのこの俺と〟」

すぐに新が反応する。

さっきよりも口元が緩んだ。

「くっ……くく、お前のどこがイケメンなんだよ」

「う～ん、確かに。俺はイケメンじゃなかった――」

俺は少し見下すように、新を見る。

「正しくは……〝新よりイケメン〟のこの俺と、だったね」

「……あぁ？」

新《あらた》が俺を睨《にら》む。明らかに場の雰囲気が悪くなった。

でも……今はこれでいい。

「そんな怖い顔しないでよ。事実なんだしさ」

「何が事実だ。寝言は寝て言え」

「そのセリフ……そっくりそのまま返すよ。なんだったら決めてもらおうか？　高橋《たかはし》さんに」

「……いいぜ。高橋、俺のほうがイケメンだよな？」

新は高橋さんに意見を求めた。

新はきっと、高橋さんの好意に気づいているはず。

絶対に自分を選択するはずだという、揺るがない自信。

「あ……あら……」

言葉に詰まりながら言いかける。

自分の好きな人に言われたから。

ただそれだけで答えを出そうとしている。

「高橋さん、これは勝負なんだよ？　公平なジャッジをお願いします」

「勝負にもならねぇんだから公平も何もあるかよ」

高橋さんは俺の顔を見て、次に新の顔を見て。

もう一度、俺の顔を見る。

人生で一度も人にやったことがないウインクを左目でやってみた。

多分高橋さんから見たら、めちゃくちゃぎこちない顔をしてたと思う。

でも意図が伝わればそれでいい。


俺を選んでって、メッセージが――。


「さ、佐原《さはら》……」

新が眉をしかめる。

「佐原？ 佐原のほうがブサイクって意味だよな？ 最後までちゃんと言えよ」

高橋さんは新からの言葉の圧に負けそうになっている。

そんな高橋さんの背中を、俺はポンと軽く叩いた。

大丈夫だから。

そんな意味を込めて。

「佐原のほうが……イケメン。違うか、イケメンじゃないけど……佐原のほうが、マシ」

ちょっとその言い方は傷付くからやめて。

でも、それがかえって新《あらた》へのダメージを大きくする。

自分を好いていたはずの高橋《たかはし》さんに言われ、新は返す言葉もなくなっている。

新は自分の容姿に絶対的な自信を持っていた。だから俺に負けたことが何よりも屈辱的だったろう。

俺はこんなことをして、新にざまぁをしたいわけじゃない。

新はまだ気がついてない。

いや、気づいてないフリをしているのかもしれない。

だからそれを伝えることにした。


「新……最近、ちゃんと鏡見てないでしょ」


沈黙。

やっぱりだ。

「だってそうだよね。気にする髪の毛がないんじゃ見る機会も減るし。むしろ見ないようにしてたんじゃないかなって……俺は思ってるんだけど、どうかな?」

新は何も言い返さない。

図星だから言い返す必要がない。

新は今の自分の姿を認めたくなくて……気づかないフリを続けていた。

醜くなった、自分の姿を。

「ねぇ新……俺は別に、新がイケメンだろうがブサイクだろうが、どっちでもいいと思ってる。それで新への対応が変わるとかはないから。高橋さんは……どっちでもいいってわけじゃないかもしれないけど、少なくともこうして話しかけてきてくれてるわけだし」

高橋さんは小さく頷《うなず》く。

俺に同意してくれているようだ。

「それでも……周りがどう思うかじゃなくて、新自身が自分のことをどう思うかが大切なんだよ。だから新がどうしても変わりたい、前みたいに戻りたいって思うなら……俺がなんとかするから、うちにきてよ」

新は何も言わず、ただ黙って俺の話を聞いていた。

新の中で、思うところがたくさんあっただろう。

返事はなかったけど……新の気持ちの整理がつくまで、俺は待つことにしよう。

◇

お昼時、俺は以前のように立花《たちばな》さんの弁当を持ってお昼スポット——別棟の最上階から屋上に続く階段に到着した。

どうやら武田《たけだ》さんはまだ来てないようだ。

待っているのもあれだし、先に食べちゃおう。

約1か月ぶりの立花さんの弁当。

蓋《ふた》を開けるとご飯の上には桜でんぶのハートマーク——が、ない。

猛毒浄化魔法の詠唱準備をしてたのに。

急にハートマークがなくなって、胸の辺りがモヤッとする。

俺は最近……乙女《おとめ》心を学び、実は立花さんは俺のことが好きなんじゃないかと、確信めいた気持ちを持ち始めていた。

そこにきてこの弁当の変化。

実はもう……好きとかそんなんじゃなくなったとか？

立花さんは新《あら》たに魔法をかけたと言っていた。

この弁当は魔法をかける際の副産物であって、特別な意味があるとかではない——？

「佐原《さはら》くん、どうしたんですか？」

　蓋を持ちながらフリーズしている俺に、武田さんが声をかけてくる。

　気がつかないうちに来ていたらしい。

「あいや、なんでもないよ。今日は遅かったね」

「……知らない先輩に捕まってしまいました」

「あぁ、なるほど。本当に大変そうだね」

「他人事《ひとごと》のように言わないでください。佐原くんのせいでもあるんですからね？」

「なぜに？」

「……なんでもないです」

　武田さんは俺の横に座り、弁当の風呂敷をほどきながら俺の弁当を見る。

「今日は桜でんぶが入ってないんですね」

「……そうなんだよね。結構好きだったんだけど残念」

　これは本当だ。

　桜でんぶとご飯をよく混ぜるといい感じになって、おかずとの相性もバッチリだったから。

　毎回見られる前に混ぜてたから、武田さんはハートマークが入っていることなんて知らないで聞いてきたんだろうけど。

武田《たけだ》さんは自分の弁当の蓋《ふた》を開けた。

こちらも相変わらず美味《おい》しそう。

栄養バランスがよく整った内容だ。

俺からすれば、ダイエットが終わったから少しくらいご褒美《ほうび》で好きなものに偏ってもいいような気がするけど……。

「そういえば、武田さんはダイエットが終わったけどさ……これからどうするの？」

「……どうするとは、なんのことでしょう？」

「いや、もう俺のうちには来ないのかなって」

「ダイエットは終わりましたけど……リバウンドしないようにしないといけません。だからまた佐原《さはら》くんのおうちにおじゃまするつもりでいるんですけど……ダメ、ですか？」

寂しそうな瞳で俺を見る。

もう来るなとか、そんなつもりで言ったんじゃなかったんだけど。

「ダメじゃないよ。美紀《みき》も喜ぶし。あ、母さんと父さんもか」

「……よかったです。それで佐原くんは……どうですか？」

「ん？　どう、とは？」

「佐原くんは……私がいたら、嬉《うれ》しいですか？」

なんだろう……なんかうまく言えないんだけど……。

俺はその質問には答えず、気になったことを訊《き》く。

「武田さん……なんか変わった？」

「……少し、変わったかもしれません」

「前は今みたいなこと言わなかったよね。どっちかっていうと自信がないって感じで」


〝どうせ私なんて〟

そういう感情を心に秘めている子だった気がする。


「目標にしていたことを達成したことで……少し自信が持てるようになったんです。頑張ったらできるんだって」

「それはいい変化だね」

「佐原くんは……今の私と昔の私、どっちが好きですか？」

また、さっきと似たようなことを武田さんは訊いてくる。

今度は質問に答えることにした。

どっちが好きか——そんなことは最初から決まってる。

「俺はどっちも好きだよ？　だってどっちも武田《たけだ》さんじゃん」


俺が答えると、武田さんは恥ずかしそうに下を向いた。

それからボソッと何かを呟《つぶや》く。

よく聞き取れなかった。

「え、何？」

「……です」

「です？　ですって……ディーイーエーティーエイチのデス？」

「千鶴《ちづる》です！」


大声で、武田さんは自分の名前を叫んだ。

武田さんの名前は知ってるよ。

でも……そういうことじゃない。

これは武田さんの三つ目のお願い事だ。

これからは、下の名前で呼ぶこと。


俺がいつまで経っても武田さんと呼ぶから、しびれを切らしたんだろう。

今の俺の乙女《おとめ》心熟知度はレベル5。

武田さんがどうしてこんなことを言ってくるのか……なんとなく理解しているつもりだ。


ただ、俺は……。


「ごめん、武田さん。お願い事を叶えてあげたいんだけど……ちょっとだけ待っててほしい」

「……どれくらいですか？」

「俺の気持ちの整理がつくまで。としか言えないし……もしかしたらそのお願い事は叶えてあげられないかもしれない。今下の名前で呼ぶっていうのはさ……なんか違和感があるんだよね。例えば……武田さんが俺に、これからはタメ語で話してほしいって言われたら、違和感なくすぐできる？」

「そ、そんなの……すぐにできまする……です」

「うん、違和感だらけで全然できてないね。今のは例えだから武田さんは今までどおり敬語でいいよ。タメ語だと逆にこっちが違和感だし」

「……わかったです」

「ごめん例えを出した俺が悪かった」

武田《たけだ》さんがクスクスと笑う。

どうやら最後のはわざとだったたっぽい。

俺はからかわれたようだ。

「ふふふ……わかりました。では……お願い事を変えます。来月の文化祭、私と二人で一緒に回ってください」

文化祭……確か10月の学校行事一覧にあった。

そろそろ準備期間に入るって話だったたか。

入学して初めての文化祭だから楽しみだ。

「いいよ。じゃあ約束ね」

「はい！　楽しみにしてます！」

武田さんは顔をほころばせる。

これをもしすっぽかしたら、本当にまずいことになりそうだな。

この笑顔が鬼の顔に変わるかもしれない。

それはそれで、見たことないから見てみたい気持ちもあるけど……絶対にやめておこう。

俺はその約束を忘れないように、違《たが》えないように、きっちりと胸に刻んだ。

この話が一旦《いったん》終わったことで、自然と次の話題に移る。

今度はバイトの件だ。

「そうそう、武田さんダイエットが終わったらバイトするって言ってたけど……どうする？　店長に俺から言っておこうか？」

「あっ……それが、その……」

「どうしたの？」

「昨日、先生にアルバイトの件をお話ししたのですが……前回の期末テストの順位が上位30パーセント以上でないと許可が下りないようでして……ダメでした」

この学校は生徒の自主性を重んじつつも、学業に専念することを第一優先にしている。確かバイトの許可が下りてからも、テストの順位が半分以下になると許可証を剥奪《はくだつ》されるんだとか。

成績不振を改善する措置を取られるのは仕方がない。

家庭の事情によっては特別に許可が下りるケースもあるけど、武田さんの家は見た感じ生活に困ってる様子じゃなかったし……。

『許可なんて取らずにやっちゃえば？』

なんて言ったところで、武田さんの性格では絶対に首を縦に振らないだろうから口にはしない。

学校にバレたときのリスクもあるから俺も勧めたくはないし。

「そっかぁ。残念だったね」

「でも……次の中間テストで順位がよければ許可を出してくれるそうなんです。だから昨日から勉強を始めました」

次の中間テストは文化祭が終わったあとの10月中旬以降だったはず。

まだテスト範囲も出てないのに……ちょっと早すぎないか。

「中間までまだ1か月半もあるけど大丈夫?」

「私からしたら1か月半しかないんです。この学校、レベルが高いので……」

「確かにねぇ～」

武田《たけだ》さんが俺の顔を訝《いぶか》しそうな目つきで見てくる。

「佐原《さはら》くんが成績上位なんて……なんか納得いきません」

「ええ!? 突然のディス!?」

「すみません……でもおうちではゲームばっかりやってるじゃないですか」

「いいかい? 武田さん、人っていうのは本当に努力している姿は見せないもんなんだよ」

「そうなんですか……では佐原くんはいつお勉強してるんですか?」

「おっと、喋《しゃべ》ってばかりいるとお昼終わっちゃうよ?」

「あ、ごまかしましたね」

おかずを口に放り込み、続いてご飯をかきこんだ。

やっぱりちょっと口寂しい。
新学期最初の弁当は――桜でんぶが、妙に恋しく感じた。

◇

ファミリーレストラン〝なごみ〟にて、俺はホールで労働に励む。

アルバイトは夏休みに始めたから、放課後にやるのは今日が初めて。

夏休み終盤に感じていた憂鬱《ゆううつ》な状態はなくなっていた。

悩み事が全部なくなったわけじゃないけど、立花《たちばな》さんに対しての大きな心の突っかかりが取れたことで心が軽くなり、体も軽く感じる。

軽快な身のこなしで料理を運び、パパッとお客さんがいなくなった後のテーブルを片付ける。

オーダーが入ったらいつでも動けるように、お客さんの食事の邪魔にならない場所で待機だ。

「佐原くん、元気そうだね」

柊《ひいらぎ》さんが俺の軽快な動きから体調を推察する。

「はい、これも柊さんが優しい言葉をくれたおかげですかね」

「ふふっ……どういたしまして。あいりちゃんとも仲直りできたみたいでよかったね」

今日は立花さんもなごみに顔を見せて、店長や従業員に休んだことを謝っていた。

しばらくしたらまたシフトに入って、一緒に仕事をすることになっている。

「別に喧嘩《けんか》してたわけじゃないんですよ」

「え……そうなの？　なーんだ、残念だね」

「残念ってなんですか。まるで喧嘩すればいいみたいな言い方ですね」

「そうだよ？」

「柊《ひいらぎ》さんって……鬼ですか？」

「違うよ。ほら、喧嘩するほど仲がいいっていうでしょ？　なんでそういうか知ってる？」

確かにそんな言葉はある。

でもあんまり深くは考えたことがない。

「知らないです」

「それはね？　喧嘩をすれば相手を許す機会が生まれるからなんだよ。相手を許すっていうのは、相手のダメなところを受け入れるチャンスってこと。だから喧嘩をして仲直りできたら相手とより深い関係になれるってわけ。だからそういう意味で『残念だね』って言ったんだよ？」

残念だねにはそういう意図があったのか。

つくづく言葉っていうのは難しいと感じる。

今みたいに俺が聞き返さなかったら、伝えたかったことが全然違った意味になってしまうわけだ。

「なるほど……」

「あ、その『なるほど』ってやつ。嫌われる相づちランキング上位に入ってるから気をつけたほうがいいよ？」

「え、そうなんですか？」

「うん、まぁ私は全然気にならないけど。人によってはってやつだね」

こういう無意識な口癖も相手の気分を害するときがあると……やっぱり言葉ってのは難しい。

今後なるほどは心の声だけに留めておこう。

「なるほどなっ、なるほどなるほどなるほどなっ」

「ふふっ、そこまで言われると私も気になるかな」

今のはお笑い芸人のギャグだったんだけど……柊さんには伝わらなかったようだ。

でも笑いは伝わったから良しとしよう。

「あ、そうそう。佐原《さはら》くんの高校、そろそろ文化祭だよね？」

柊さんは何か思い出したかのように話題を変えた。

「そうですよ。入学して初めてなんでどんな感じか楽しみです」

「校内で屋台とかやるんだよ？　何やるかもう決まった？」

「まだです。明日クラスで決めるって言ってましたね」

「そしたらまだ聞いてないと思うけど、この辺の商店街とかなごみが協賛してやるんだよ？」

それは初耳だ。

「そうなんですか？」

「うん、屋台って生徒だけで一からやるのはすごく大変でしょ？　だから学校が地域の企業にお願いして協力してもらってるの。学校側は生徒の負担が減るし、地域との交流もできるし、屋台を通して接客を体験させることができるしでいいことずくめ。反対に企業側は屋台の利益をたくさん貰《もら》えるし、自社製品のＰＲもできてお互いウィンウィンの関係ってわけ」

「へぇ～、屋台以外だと何か変わったのあったりします？」

「ん～、普段学校ではできないようなボルダリングとかかな。そういうエンタメとかスポーツはタダでできるよ。タダだと企業側にはメリットがないように見えるけど、文化祭で興味を持ったお客さんが実際にお店に足を運んでくれるんだってさ」

うまい具合にできてるな。

それにしても……。

「やけに詳しいですね」

「うん、だって去年企業側として参加したからね」

「え、バイトが行くんですか？」

「社員さんの付き添いだけどね。それでもたくさん手当もらえるよ？」

柊《ひいらぎ》さんが右手の親指と人差し指で輪っかを作る。お金のマークだ。

羨《うらや》ましい。

「今年は俺が参加を希望します！」

「佐原《さはら》くんは学校側の生徒でしょ？」

「はっ……なんてこった！」

「ふふっ、残念でした〜」

柊さんが楽しそうに俺の頬《ほお》をツンツンする。

「今年も柊さんが来るんですか？」

「どうかな〜。佐原くんは来てほしい？」

「いや……どちらでも」

「こういうときは嘘《うそ》でも来てほしいっていうもんなの」

爪《つめ》を立てないでもらえます？

刺さってるんで。

「いたた……やめ、ほ、本当はどっちがいいのかわからないんですよ！」

俺は頬に刺さる柊さんの人差し指を掴《つか》んでやめさせる。

「どういう意味？」

目が怖い。

ちゃんと説明するからその目はやめて。

「だってほら、柊《ひいらぎ》さん本当に綺麗《きれい》じゃないですか。そんな人が学校にきて俺なんかとこうして話してるとこ見られたら……周りの男子に何言われるかわかったもんじゃないんですよ」

特に確定で一人。文也《ふみや》だ。

「本当に綺麗?」

「はい、本当に綺麗です」

「タイプ?」

「……顔だけで言えば?」

掴《つか》んでいた指がすり抜けて再び頬《ほお》に突き刺さる。

否、強烈に突き刺さる。

「いだだだだ！　じょ、冗談ですって！」

「冗談って言えばなんでも許されると思うなよ?」

こわっ、怖すぎるっ！

「す、すみませんでした！　以後気をつけます！」

「……しょうがないなぁ」

柊さんは突き刺していた指を離すと——クスクスと笑い出す。

何がそんなにおかしかったのか。

「急に笑い出して……どうしたんですか?」

「ふふふっ……こういう喧嘩《けんか》だったら、ずっとしてたいなって」

「か、勘弁してください……」

俺は今日、身をもって知った。

この人には一生、敵《かな》いそうにないと――。

◇

バイトを終え、いつものように徒歩で帰路につく。

今日は3時間くらいのバイトだったから比較的楽だったな。

テストの成績が落ちるとバイトを辞めないといけなくなるから、できればこれくらいの勤務時間にしてもらおう。

今日の晩飯は何かな……いや、その前に軽食を取って筋トレするか。それとも先に晩飯を食べて、ゲームをしたあとに筋トレするか。

勉強は――またあとで考えよう。

頭の中で帰宅後の計画を立てながら、5分も歩けば我が家の明かりが見えてくる。

それと同じくらいのタイミングで人影が目に入った。誰かが家の門のすぐ横に座っている。

時刻はもう少しで20時――こんな時間に人の家の前で、何をしてるのか。

不審に思いながらも、家の中に逃げるには不審者に近づかないといけない。

警戒しながら数歩距離を縮めたところで、その人物の顔が見えた。

「新《あらた》……？　こんな時間に何やってんの？」

「おせぇ……どんだけ待たせんだよ」

新は退屈そうな顔で俺を見上げている。

「え……？　ちなみにどんくらい待ってたの？」

「……2時間くらいじゃね」

新はスマホで時刻を確認した様子を見せてから、そう答えた。

あの新が、可愛い女の子とのデートでもないのに2時間も……俺を待っていた？

「新……なんか気持ち悪い」

「てめぇが来いっつったんだろ！」

「……ホントごめん。こんなに早く来るとは思わなかったんだもん」

まさか今日言って今日来るとは……思ってもみなかった。

「連絡してくれればよかったのに」

「なんか……だせぇだろ」

変なプライド。

でも、新らしい。

どういう心境の変化があったのか。

今すぐ訊《き》こうかと思ったけどやめた。

下手《へた》なこと言って帰られてしまったら……もう新は二度とここに来ない。

そんな気がしたから。

ただし、これだけは確認しておこう。

「新……覚悟はできてる？」

「……望むところだ」

そのセリフを聞いて、俺は新を家に招き入れた。


「──ふぎ、ふぎぎぎぎ！　ふぎぃぃ！　むりむりぶり、もう、ぶりぃいい！」

佐原《さはら》家のジムに、新の言葉にならない悲鳴が響き渡る。

新は今、脚を鍛《きた》えるために専門のマシンでトレーニングをしている。

父さん曰《いわ》く、一番きつくて消費カロリーが高いとのこと。名前はなんて言ったか忘れた。

なんでこんなことをしているのか……それは痩《や》せるために外《ほか》ならない。

「まだ喋《しゃべ》れてるからいけるよ」

「どわぁ、あぁ……ころすぎ、がよ……」

新がうちのジムに入るのは久しぶりだ。

それは新《あらた》とまだ仲がよかった頃の話。

あのときは文也《ふみや》も含めて和気あいあいとした合トレだったけど、今は見る影もない。

今日はさすがに初日だからこれくらいにしておこう。今日は。

新はマシンから降りると床に転げ落ちた。

「大丈夫？」

「はぁ、はぁ、ん、はぁ……こんなん、はぁ、どうって、ことねぇよ……」

「じゃあすぐに次のセット行こうか」

「うそうそうそ！　はぁ……もう、無理！」

父さんにあらかじめ作ってもらったワークアウトドリンクを新に差し出した。

ＢＣＡＡだかクレアチンだかよくわかんないものがいっぱい入っているらしい。

飲むと筋トレの効果を高めてくれるんだとか。

１杯２００円取られたのは新に言わず俺が負担しておくとしよう。

ちなみに武田《たけだ》さんは飲み放題らしい。

実の息子なのに……対応おかしくないか。

新はよぼよぼな動きで、ドリンクの飲み口に吸い付く。

まるで赤ん坊が母乳を飲んでいるみたいだ。

それから少しして、息が整ってくる。

「はぁ、はぁ……もしかして……武田もここに通ってるのか？」

「そうだよ。休養日以外はほぼ毎日筋トレ頑張ってやってた」

「そうか……どうりでな」

新は上半身を起こし、ぐびっとドリンクを口に含む。

それから体を支えるように、両手を後ろについた。

そして、天井を見上げる。

「痩《や》せるってのも……案外、大変なんだな。知らなかったぜ」

新は小さい頃からサッカーをやっていたと聞いたことがある。

昔の体型のことは知らないけど、多分太っていた時期はなかったんだろう。

「急に痩せるとかでなければ、食事管理でどうにかなるって父さんは言ってたけどね。まぁその食事管理が一番難しいんだろうけど」

「だろうな……あぁ～、オムライス食いてぇ……」

「新、ファミレスでオムライスばっかり食べてたよね」

「お前もしかしてあそこのオムライス食ったことねぇのか？　馬鹿うめぇぞ」

「そんなに？　確かになごみの料理はどれも美味《おい》しいけどさ、さすがに大げさじゃないかな」

「大げさじゃねぇから。あんなうめぇオムライス……ほかでは食ったことねぇよ」

新はその味を思い出すかのように、目をつぶっている。

そんなに美味《うま》いのか……立花《たちばな》さんが作ったオムライスほどじゃないと思うけど、俺も今度食べてみよう。

「でも新《あらた》はこれから自分で食事管理しないとね。あんま食べ過ぎるとダメだよ?」

「いちいち言われなくてもわかってるよ……面倒になったら沼でも作るわ」

「沼? 何それ」

「説明すんのが面倒だから後でググれ」

新は立ち上がり、鏡の前に移動した。

自分の体型を確認している。

「ははっ……誰だよこいつ。キモすぎだろ」

口ではこう言ってるけど、新は自分の姿に向き合おうとしている。

少し打ち解けた今なら訊《き》ける気がした。

「新は……どうして今日、ここに来ようと思ったの?」

すぐに返答がない。

タイミングを間違えたか……そう思ったけど、違った。

「あいつに、立花に……言われたんだよ」

「立花さんに?」

「あぁ……〝痩《や》せて〟ってな」

立花さんが……もしかして、これが魔法？

新は、たまりにたまった自分の贅肉《ぜいにく》をつまんでいる。

「俺が『すぐには無理だ。約束と違う』って言ったら……なんて言ってきたと思う？」

約束――内容は知らないけど、それが立花さんが言っていた嘘《うそ》ってことなのかな。

「痩せるまでは付き合わない……とか？」

「それならどんなによかっただろうな。あいつ……こう言ったんだぜ？」

新はつまんだ肉をもぎ取るような動作をして、両手をパーに広げる。

ばかばかしいと感じる呆《あき》れ顔に、ほんの少しの笑顔をプラスして――。

「だったら今すぐ、そのお腹《なか》のお肉を〝切り落として〟だとよ」

立花さんが……あの優しい立花さんが、本当にそんなことを言ったのか……？

俺が懐疑《かいぎ》的な目を向けると、新は事の続きを話し出す。

「元々は……俺がある女に放った言葉だ。〝今すぐ痩せろ。でなけりゃその腐った肉を切り落とせ〟ってな。もっとひでぇ言葉だろ？　それが今さら自分に返ってくるなんてな……身から出た錆《さび》ってやつだ」

酷《ひど》い話だ。

言われたその女の子は……どれだけ傷ついたことだろう。

立花《たちばな》さんはそれを知ってたから、敢《あ》えて同じ言葉を新《あらた》に浴びせて……新の犯した罪を、わからせようとしたってことなのかな。

俺は何も言わず、ただ黙って耳を傾ける。

普段は見ることがない、自分の胸の内を吐露《とろ》し続ける新の話を、まだ遮ってはいけないと感じたから。

「立花からそれを言われたとき、最初に言われた〝痩《や》せて〟って言葉が……遠回しに全く別の言葉に聞こえたよ」

新はすぐ横にあったベンチに腰かける。

教室で見たときの、死んだ魚のような目だ。


「〝死んで〟って……」


新は……俺なんかと違って、たくさん女の子と付き合ってきた。

以前のプールでの出来事みたいに、時には浮気がバレたりして……女の子に振られるなんてことは一度や二度ではないはず。

それでもこの落ち込みよう。

そして新が、立花さんに向けていた異常なまでの執着を身近で見てきたことで確信する。

新は本当に——立花さんのことが、好きだったんだなって。

俺は新の隣に座った。

それから俺が感じたことを新に伝える。

「俺はさ……その言葉には続きがあったと思うんだよ」

「……続き？　なんだよそれ」

「ばぶぅ、だよ」

「……ばぶぅ？　なんだよそれ……人がまじめに話してんのにふざけやがって」

「ごめんごめん、言い方が悪かった。つまりはさ、悪い子の新は死んで——」

立花さんが言っていた、あの言葉。

『魔法が解けたとき——進藤《しんどう》くんは〝生まれ変わる〟の』

「〝いい子の新に生まれ変わってね〟ってことだよ。きっとね」

新《あらた》は——まだピンときてない様子だった。

それからゆっくりと首を横に振り、俺の意見を否定する。

「絶対に、ありえねぇな……俺が逆の立場だったら。俺がどんだけあいつを、苦しませたか……お前は何も知らねぇからそんなことが言えんだよ」

立花《たちばな》さんから聞いていた、立花さんの親友との因縁《いんねん》。

もしも俺だったらと考えた。

例えば……俺の友達の武田《たけだ》さんに、新が何か取り返しのつかないことをしたとする。

それでも新を許そうという気持ちになるのかと言われたら、俺は——。

そう考えたら、新が今感じている気持ちを完全に否定する気にはなれなかった。

「確かに……そうかもしれないね。やっちゃったことはどうしたって元には戻せないし。それでもさ……立花さんは特別で、許してあげようって気持ちになってると思うんだ」

「……どうしてだ？」

立花さんは言っていた。

今までどおり新と友達でいてほしいと。

許そうって気持ちが全くないのなら、そんなことは絶対に言わない。

それを俺が新に伝えるよりも——もっとわかりやすい言葉がある。

「だって立花さん……すごく、優しい子だから」

新は鼻で笑う。

それから擦れた小さな声で、

「それはお前にだけだろ」

そう、呟《つぶや》いた。

新は勢いよく立ち上がると、両手で頬《ほお》を叩いて気合いを入れる。

「だったらお望みどおり生まれ変わってやるよ。立花が俺を振ったことを後悔するくらい、前よりも100倍イケメンになってな。休憩は終わりだ。やるぞ」

新は自らスクワットマシンに乗り込む。

ちょっと、いやだいぶ意味合いが違うけど……今はこれでいい。

少しずつだけど、これからいい方向に進んでいく。

そんな予感がしたから――。

【新《あたら》】しい俺、それでも変わらない俺

10月の中旬——文化祭の前夜。

「ぐ、ぐぉおおお、ぐ、ぐ、ぐ……」

「ふにゅ」

「ぐ、おぉおおお！」

「ふにゅ」

「う、う、うぅ……」

「ふにゅにゅにゅにゅ～」

「うぁああ!?　だ、ダメだっ！、潰《つぶ》れるぅ！」


俺は佐原《さはら》家のジムでバーベルに圧《お》し潰された——と言っても怪我《けが》はしていない。

さっきまで肩に担《かつ》いでいたバーベルは、パワーラックのセーフティーバーが俺の代わりに受け止めてくれている。

「だから俺が補助しようかって言ったじゃん」

床に手をつく俺に葉が哀れみの目を向けてくる。

くそ……。

「補助は甘えに繋《つな》がるからダメだ。それよりもあの珍妙な掛け声を今すぐやめさせろ」

さっきからふにゅふにゅふにゅふにゅと……力が抜けるったらありゃしない。

それに加えて可愛い声なのが余計に腹が立つ。

「新《あらた》……このジムに通う以上、あの掛け声には慣れてもらわないと」

「そういうお前は慣れたのか？」

「いや、そろそろイヤホンを導入しようかと検討していたところだよ」

「全然慣れる気ねぇじゃねぇか……」

このジムに通う条件として、まずは武田《たけだ》に謝るようにと葉《よう》から言われた。

デブと馬鹿にしたこと。

ゴミ女呼ばわりしたこと。

普通だったら許されない言動だが、俺が謝罪しても武田は気にする素振りは一切見せなかった。

それどころかダイエットを応援していると――。

葉《よう》が武田《たけだ》はいい女だと言っていたその意味を、俺は身をもって知った。

だったら俺が武田を落としてやる——なんて、前の俺だったら考えているところだが、今はそんな気はさらさらない。


ベンチに座ってひとまず休憩だ。

家から持ってきたワークアウトドリンクを口に含む。

使える金がないから、一番安かったノンフレーバーのマルトデキストリンだけ入れてある。

これは筋トレのエネルギー源になるブドウ糖だ。効果はよくわかんねぇけど、とりあえず葉の親父に言われたから飲んでいる。

「うげ……あんま美味《うま》くねぇな」

「味付きのやつならもっと飲みやすいよ？」

「たけぇだろ」

「そんな高くないって、ちょっとだけだよ」

「いいんだよ。金貯めてっから一番安いので」

「なんか欲しい物でもあるの？」

欲しい物……か。

少し前には俺にもあったな。

「なんもねぇよ」

「何もないのに我慢してお金貯めてるの？　新《あらた》ってそんなに守銭奴《しゅせんど》だったっけ」

「うっせ。ほっとけ」

またドリンクを口に含む。

やっぱり中途半端な甘みは俺の好みに合わないな。

ドリンクのボトルを横に置いて、壁にある大きな鏡で自分の姿を見る。

葉のジムに通うようになってから今日で1か月半。

少しは自分の身体がマシになってきたと思うが……まだまだだな。

だけど誰が見ても目に見えて変化が出てきた部位がある——頭だ。

3週間前から少しずつ髪が生えてきて、今は綺麗《きれい》な6ミリくらいの坊主になっている。

立花《たちばな》の家に行かなくなり、頭のケアをしなくなってからも一向に髪が生えてこなかったあのときは……このまま一生スキンヘッドなのかと本気で焦《あせ》った。

不安になって立花に訊《き》いてみたら、俺の頭皮に毎晩塗っていたのは大学で研究中の発毛抑制剤だったらしい。

毎日塗っていると、発毛を抑制する期間が長くなるんだとか……。

俺は自分の後頭部を撫《な》でる。

手のひらに伝わるジョリジョリとした感触が気持ちいい。ついつい癖で触っちまう。

するとそれを見ていた葉《よう》が、俺の頭のてっぺんを撫《な》でてくる。

「うわ〜、気持ちいい」

「ちっ、さわんな」

首を捻《ひね》って避けようとするが、そんなのはおかまいなしに撫で回してくる。

「よいではないか、よいではないか〜」

「よくねぇよ、男に触られんのは気持ちわりぃ」

「女の子だったらいいの?」

「可愛い女だったらな」

「あ、そういうとこ全然変わってないね。そういうのよくないよ?」

「仕方ねぇだろ。そんなにコロコロ性格が変わってたまるかよ」


今さらブスを、デブを好きになれなんて——俺には絶対にできねぇ。

だけど……もう馬鹿にする気もねぇ。

「武田《たけだ》さんも触ってみる?　気持ちいいよ?」

葉は少し離れたところでトレーニングをしている武田に声をかけた。

武田は振り返ってこっちを見る。

「はぁ、はぁ……い、いえ……私は、いいです……」

トレーニングで息が上がっている。

ジムでは当たり前の光景。

一見どこもおかしいところはない。

だが、俺にはわかる。女を観察しまくってきた俺には。

俺は武田に近寄り、許可を得ずおでこを触った。

武田は驚いて俺の手を払いのける。

俺の突然の行動に葉は顔を歪《ゆが》めた。


ん？　もしかしてこいつ——。


まぁいい、今はそれどころじゃねぇ。

「勘違いすんな、そんなんじゃねぇ。お前、熱あるだろ」

武田は俺の問いには何も答えない。

「え、武田さん……そうなの？」

「ちょっと、だけですから……」

葉《よう》も俺と同じように武田《たけだ》のおでこを触る。

そこから俺と違うのは、武田が葉の手を払いのけないところ。

「すごい熱だよ！　どうして筋トレなんて……」

「今日はお休みの日じゃないので……少しだけ頑張ってやろうかと思ったのですが……」

「無理しちゃダメだよ。武田さん、残念だけど明日もし熱が引かなかったら文化祭休もう?」

葉は武田にそう提案する。当然の判断だ。

だが武田は首を横に振り、拒否の意志を示す。

「嫌……です。明日は、絶対に……佐原《さはら》くんと文化祭、回るんです」

「ダメだって。もし明日、熱があるのに文化祭に来たら……俺は武田さんと回るのやめるよ」

それは武田を来させないための、葉なりの強硬手段だろう。

武田はそれを聞いて……今にも泣きだしそうな顔をしている。

「それじゃあ佐原くんは……嘘《うそ》つきです。一緒に文化祭回るって、約束したじゃないですか！」

「それは……だってしょうがないじゃん！」

「でしたら、明日は………もう、いいです……」

武田はとぼとぼとジムを出ていく。

その姿を葉は、どうしていいのかわからないという顔で……ただ見ていた。

あーあ、本当にこいつ……。

「馬鹿だなぁ、お前って」

そう言うと、葉は俺を睨《にら》んだ。

こういう顔を見るのは初めてかもな。嫌いじゃないぜ。

「うるさいなぁ、今はほっといてよ」

「お前さぁ、なんで武田が文化祭に意地でも行こうとしてるか、わかってないだろ」

「わかってるよ。一緒に回るって約束したから……」

「はぁ～……」

やっぱりこいつ、わかってねぇ。

「あのなぁ、もし武田が文化祭に来なかったら……お前は誰と文化祭回るんだ?」

「武田さんが来なかったら? そしたら……新《あらた》と回る?」

「なんで俺が思春期真っ只中《ただ》のイベントを男なんかと回らないといけねぇんだよ!」

本当にこいつには呆《あき》れるよ。

たまに乙女《おとめ》心熟知度レベル6だなんだって意味わかんねぇこと言ってたけど……いつまで経っても鈍感のままだな。

「武田が来なかったらお前は〝ほかの女〟と文化祭回るだろ。それが嫌だったから武田は意地でも行こうとした。なんでそれがわからねぇかなぁ」

葉《よう》は少しだけ黙って何かを考えている。どうやら心当たりがあるようだ。

「……言ってくれればいいのに」

「言えるわけねぇだろ。付き合ってもないのに。武田《たけだ》はこう言えばよかったってのか？　私は文化祭に行けないから男と回ってくださいって？　回る相手が見つからなかったらどうする？回る相手が見つかってもお前が楽しめないような相手だったら？」

俺は想定する問題を矢継ぎ早に葉に投げかける。どの答えも返ってはこない。

どれを解いても、最適解はそこにないからだ。

「俺は……どうすればいいと思う？」

答えを教えてくれと、葉が俺にすがる。


前の俺だったら……勝手にしろって、見放してただろうな。

「武田がもし文化祭に来なくても、絶対にお前は文化祭に行け。それで思う存分楽しんでこい。一番やっちゃいけないのは『自分が休んだせいで葉が楽しめなかった』って、武田に思わせちまうことだろ？」

ほかの女と回って欲しくないなんてのは、恐らく一番の望みじゃない。

葉に惚《ほ》れている武田が、言いたくても言えなかった心の声は——楽しんできて。

その一言だと俺は思った。

「もしかして新《あらた》って……乙女《おとめ》心マスター？」

「なんだよそれ」

「先生はもういるから……師匠はどうかな？」

「はいはい、なんでもいいからさっさと武田んとこ行ってこい」

俺は手を払って次のアクションを促した。

葉は駆けるように部屋を出ていく。

世話の焼けるやつだな。

それに、全然わかってねぇ。

本当に乙女心がわかってたらな……今、こんな姿になってねぇだろ。

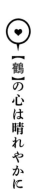

【鶴】の心は晴れやかに

少し、無理をし過ぎてしまったかもしれません。

私はアルバイトの許可を得るために、毎日毎日勉強を頑張っていました。

もうすぐで中間テスト。

さらに勉強時間を増やし、それでもリバウンドをしないためにトレーニングは決められた時間に必ずやろうと心に決めて――そんな生活を送っていたら、不運なことに文化祭の前日に熱を出してしまいました。

佐原《さはら》くんと交わした、二人で文化祭を回る約束。

私のせいで――佐原くんには悪いことをしてしまいました。

「武田《たけだ》さん……明日は、その……」

夜道を走る車内――後部座席2列目の右側に座る私に、左隣に座る佐原くんが申し訳なさそうな顔をしながら声をかけてきます。

体調が悪いことを佐原くんがお父さんに伝えてくれて、家まで車で送っていただけることになりました。

最初は病院に連れて行こうとしてくれましたが、お断りしました。まだ発症したばかりなのと自分の感覚で、お医者さんにかかるほどのものではないと自分で判断したからです。

佐原くんのお父さんは運転を、美紀《みき》ちゃんは私の真後ろの3列目に座っています。

「明日は……行きません」

「そっか……」

明日の文化祭、私はとても楽しみにしていました。

佐原くんもきっと……私と同じように、楽しみにしていたと思います。

佐原くんは明日、私の代わりに……誰と一緒に時を過ごすのでしょうか。

「千鶴《ちづる》お姉ちゃん、おでこ〝あちち〟だよ？」

後ろに座る美紀ちゃんが、両手でおでこを覆うように押さえてきます。

ひんやりして……とっても気持ちいいです。

「はい……あちちです」

「あーちーちーあーちー、なんつって～」

「お兄ちゃんつまんなーい」

「これはギャグじゃなくて歌詞だから面白くなくていいの」

「どうせならあちちとは逆にしてよ。そっちのほうが治りそうじゃない？　〝ちべた〟とか」

「冷たいって意味だよね？　それってどこの方言？」

「そんなことはいいから、早くちべたで千鶴お姉ちゃんのあちちを冷ますギャグをお披露目するのだよ」

「ふむ、いいだろう…………あっ、チベッタが氷の上でスベって転んだ！　ちべたそ〜」

車内がシーンとなりました。

意味を理解できた人は、私も含めて一人もいないようです。

「……お兄ちゃん、チベッタって何？」

「チベッタはイタリア語でフクロウって意味だよ」

「高度過ぎてわかんなーい。スベッたのはチベッタじゃなくてお兄ちゃんだったね」

「でもおかげで空気が凍りついてちべたくなったでしょ？」

「ははは〜、確かに。それよりもフクロウって歩くの？」

「歩くどころか人間みたいに走るよ」

「何それ、きもちわるそー」

「結構可愛いんだよ？　見てみる？」

「見る見る！」

いつものように、お二人は仲良くお話しをしています。

こんなに熱が出ていても……お二人の会話を聞いているだけで、とても楽しい気持ちになって……なんだかとっても、心地がいいのです。

佐原《さはら》くんはスマホを操作して、美紀《みき》ちゃんのほうに画面を向けます。

「わぁ～！　可愛い！　ほら、千鶴《ちづる》お姉ちゃんも見てみて？」

美紀ちゃんはスマホを差し出す佐原くんの手を取って、私がよく見える位置に持ってきてくれました。

画面には、家の中でトコトコと走るフクロウが映っています。

飼い主さんの呼びかけに応えるように、愛らしい仕草で撮影しているカメラに向かってきます。

「ほんとですね……とっても可愛いです」

「だよねだよね！　お姉ちゃん、元気になったら動物園にフクロウ見に行こう？　お兄ちゃんのおごりで」

「おい、美紀は自分で払いなさい」

「えー、お兄ちゃんこの間みんなでバーベキューやったとき連れてってくれるって約束したじゃん」

この間――夏休み前、佐原家の皆さんに、私と立花《たちばな》さんを加えてやったときのお話です。

立花さんはお祭りに。

私は水族館。

美紀ちゃんは、確か――。

「〝それじゃあ〟で、強制的に約束させられたあれね。でも美紀は遊園地じゃなかったっけ？」

「そうだよ？　だから動物が見れる遊園地にする！」

「めっちゃいいとこ取りするやん……ちょっと待てよ？」

佐原《さはら》くんはスマホを取り出して何か調べものをしている様子です。

少ししてから「うーん」とうめく声が聞こえてきました。

「美紀《みき》……残念ながらこの辺の近くにないよ」

「おとーさーん！」

「なんだ？」

「千鶴《ちづる》お姉ちゃんが動物が見れる遊園地に行きたいって～。千鶴お姉ちゃんが～！」

美紀ちゃんはなぜか私の名前を強調して言います。

ハンドルを握るお父さんと、ルームミラー越しに一瞬目が合った気がしました。

「いいぞ。ただし遊園地に着いたら俺と母さんは別行動だからな。久しぶりのデートだ」

「毎週デートしてるじゃん」

「毎週のようにであって毎週じゃないからな。今週はデートできないし」

佐原くんのお父さんとお母さんはとっても仲良しです。

結婚してからもずっと……こんな夫婦になれたらどれだけすてきなことでしょう。

「じゃあ決定ね！」

「美紀、その決定のセリフは俺が言うやつだよ。それにまだ武田《たけだ》さんのジャッジを聞いてないし。武田さんは大丈夫？　ちょっと遠いから車に乗ってる時間が長くなっちゃうけど……」

佐原くんは私の意見を求めてきます。

行かない理由がありません。

ただ、あれは——。

口に出すか、また迷ってしまいました。

今日、ジムで佐原くんが立花《たちばな》さんと花火大会に行った日も。

佐原くんと少し喧嘩《けんか》をしてしまったときも。

その迷ってしまった自分の心の浅ましさが……ときどき嫌になります。

だからその気持ちを少しでも晴らすように、あとで自分が嫌な気持ちにならないように、嫌な気持ちにさせないように……私はそれを、口にすることにしました。

「はい……行きたいです。だから、みんなで行きましょう」

「りょーかい。じゃあ決定ね」

たぶん、伝わっていませんね。

「佐原くん……みんなで、ですよ？　立花さんも含めた、みんなで、です」

「立花さんも……？」

「はい、だってあれは……みんなで行こうって、約束したじゃないですか。だから、みんなで行くんです。一人だけ仲間外れなんて……可哀想《かわいそう》です。もちろん、立花さんが行きたくないって言うのなら……話は別ですけど」

いけませんね……最後のほうに、少しだけ心の奥にある願望が出てしまいました。

「わかったよ。あとで聞いてみるね」


そんな話をしていると、私の家の前に着きました。

車を降りるとき、佐原《さはら》くんが私の左手を取ってサポートしてくれます。

忘れずに……あと一つ。

「佐原くん……あのときは、嘘《うそ》つきなんて言って……ごめんなさい」

佐原くんは、優しい笑みを浮かべて首を横に振りました。

それから、もう一つ。

「明日は……私のことは気にせずに、文化祭を楽しんできてくださいね」


心の浅ましさを、晴らすように——。

第六章　隠れる初恋の子

今日は楽しみにしていた文化祭。

数週間の準備期間を経て、ようやくこの日を迎えた。

文化祭は生徒のみで行う日程はなく、一般客を招いて行う今日が本番となる。

協力してくれた地域企業のおかげもあり、高校生が開催しているとは思えないクオリティに出来上がっていると思う。

昨日一般公開のための練習を少しやっただけで、生徒が好きな人と好きなように校内を巡って楽しむ時間はなかった。

だから今日は、生徒と一般客が同時に楽しめる唯一の日。

そんな日に——武田《たけだ》さんはいない。

体調不良なら、これはかりは仕方ない。

…………いや、仕方なくない。

新《あらた》は平静を装おうとする武田さんの異変に気づいた。

対して俺はどうだ？

もしかしたらもっと前に予兆があったんじゃないか。

勉強頑張るって言ってたから、無理してたんじゃないか。

人は見えないところで努力するもんだとか、俺が余計なことを言ったから——。

「葉《よう》、ぼーっとしてると危ないよ？」

時刻は朝の7時。

学校の調理室で、包丁を片手に考え事をする俺に、陽介《ようすけ》が注意を促す。

なんで朝っぱらから調理室で包丁を持っているのかというと、俺たちのクラスの出し物がレストランに決定したからだ。

出店するものは飲食、エンタメ、展示のジャンルの中から、あらかじめ決められた内容のものを対応できる負荷に応じて、いくつか選択することになっている。

それだけだと生徒の主体性がなくなってしまうから、特別にやりたいことがある場合、企業がサポートできる範囲で希望することも可能だ。

そうして各クラスで意見をまとめ、他《た》クラスと被ったものはくじ引きで決定となる。

なんで俺たちがレストランを希望したのかというと、レストランは1年生にしか選択できない学年限定の出店物だったから。

つまり今年しかできない特別なもの。

1年生のフロアは1階にあり、調理室も1階。

料理を調理室から運搬する関係上、2階以上の教室に料理を運ぶことへの移動的コスト、一般客が多く行き交うことへの安全性。

そうした理由から1年生限定となっている。

それでなんやかんやあり、決定したのがレストラン。

昨日協力してくれる企業にお願いしていた食材が到着し、今は朝からみんなで野菜の下処理をしているところ。

俺は包丁を置き、ジャガイモが入った見慣れた段ボールに手を突っ込んだ。

そこから三つ手に取って、陽介《ようすけ》に差し出す。

陽介は皮むき担当、俺が包丁で切る役目だ。

「ごめん、ちょっと眠くてね」

「また遅くまでゲームしてたの？」

「ううん、ちょっといろいろ考え事してた」

「また新《あらた》と変なことになってるんじゃないよね？」

陽介が心配そうに俺の顔を見る。

「そんなんじゃないよ」

「ホントに？　だって最近の新、なんかちょっと変だからさ……」

そう言って陽介は新のほうを見る。

そこでは新が楽しそうに包丁を持っている。

この言い方だと陽介の言った以上に変になってしまうな。

正しくは楽しそうに野菜を切っている。

その隣には高橋《たかはし》さん。

どこも変わったところはない。

普通の微笑《ほほえ》ましい光景。

「変ではなくない？」

「まぁ変ではないけどさ。普通だから変、みたいな？」

「普通が変になるって……新も大変だなぁ」

まぁ陽介の言うこともわからなくはない。

新は少し変わった気がする。

外見で言えばスキンヘッドから坊主頭、肌は真っ黒から色が抜けて小麦色。

体型はまだぽっちゃり気味だけど少し痩《や》せてきた。

ただ陽介が言っているのは恐らく内面のこと。

どう表現したらいいのかわからないけど……例えるなら、俺と仲がよかった頃の印象のいい新と、仲が悪くなった頃の最悪な新。

それを足して2で割ったみたいな感じ。

ん～、ダメだな。言語化しようとするとうまく表現できないや。

俺は再び包丁を持って、陽介《ようすけ》のほうから流れてくる野菜を乱切りにする。

数日前、企業からサポートにきてくれた人に教わったやり方。

次に切ったジャガイモを大きなボウルに入れていく。

こうやって黙々とやるのも案外楽しいものだ。

すると俺の隣に人の気配が。

「やぁやぁ、おはよう。佐原《さはら》くん」

朝から軽快な声で笑顔を振りまき、俺に挨拶《あいさつ》をしてくるのは金髪爽《さわ》やかイケメン。

ファミリーレストランなごみ——キッチン担当の柴田《しばた》さんだ。

柊《ひいらぎ》さんからなごみがこの文化祭の協賛になっていると聞き、レストランが決定した時点でそうなるだろうなとは思っていた。

俺たちのクラスのサポートをしてくれる企業の人で、俺のバイト先の先輩でもある。

ただし俺はてっきり柊さんが来るのかと思っていた。

でも実際は副店長と柴田さん。

俺がどっちでもいいとか言ったから気を遣ったのかな……だったら悪いことをしてしまったかもしれない。

「おはようございます。今日もイケメンですね」

「明日もイケメンだよ?」

「明後日《あさって》はどうですか?」

「明後日はもっとイケメンかな?」

「明明後日《しあさって》は……永遠に続きそうなのでやめときます」

柴田さんは俺が切ったジャガイモを持ち上げて観察する。

「うん、上手だね佐原くん。プロ級だ」

「柴田さんは褒めるのが下手《へた》ですね。こんなんでプロになれたら苦労しませんよ」

「佐原くんは悲観的だなぁ。上手だねっていうのは本当なのに」

「それはありがとうございます」

「どうだい? そろそろホールだけじゃなくてキッチンもやってみない?」

俺がなごみに入ってから、もうすぐで3か月。

そろそろ新しいことに挑戦するのも悪くはないかも。

「そうですね。まぁあんま自信ないですけど。俺カレーしか作ったことないんですけどいけますかね?」

「大丈夫だよ、これだけ野菜が上手に切れればば。実は料理はね? 8割が下処理で決まるんだよ」

柴田さんは持っていたジャガイモをクルッと回す。

「下処理が大事っていうのは聞いたことありますけど、そんなにですか？」

「うん、料理を提供するっていう意味も含めたら全てと言ってもいい。佐原《さはら》くんも3か月近くホールをやってれば、お客さんの一人や二人に『料理が遅い』とか、そんな直接的じゃなくても『頼んだんですけどまだですか』って言われたことあるでしょ？」

思い当たる節はたくさんある。

いちいち数えてないから何人に言われたか覚えてないけど。

「あります」

「俺たちもできるだけ早く作ろうとはしてるけど、料理によってはどうしても時間がかかっちゃうことがあるんだよね。それでもこうやって注文が入る前にできるだけ準備をしておけば、少しでも早く料理を提供できるんだよ」

柴田《しばた》さんはボウルへ静かにジャガイモを落とす。

「俺たちの仕事はさ、料理を作ることだけじゃないんだよ。〝料理を作って、お客さんに食べてもらうまで〟が仕事なんだ。だからそのために、こういう地味なことも大切ってわけ」

なるほど……めっちゃいい話だ。

言っちゃいけない『なるほど』が心の声に出るほど、いいことを聞いた。

「柴田さん、ぜひその話は『こんな朝からなんでこんなことしなきゃいけないんだ』と言いたげに野菜を切っていそうな、あそこら辺の男子にしてやってください」

「はっはっは！　ぜひそうするよ」

「でも俺は結構好きですよ？　いつもやらないことやってるんで」

「そんな佐原くんでも毎日やってれば嫌になるかもよ？」

「かもしれないですね。でも、今は楽しいからそれでいいです」

「ありがとう、そう言ってくれると俺も様子を見にきた甲斐《かい》があるよ。それじゃあ俺は……あいりちゃ～ん！　おはよ～！」

大きな声で挨拶《あいさつ》を叫びながら、柴田さんは立花《たちばな》さんのほうに向かっていった。

またバイト先で見るような会話になるのかな……気になる。

その後は副店長が様子を見にきて、今日の予定を聞いてきた。

副店長との話が終わると、また気になってついつい立花さんのほうを見てしまう。

「よそ見してると危ないよ？」

おっと、いけない。また陽介《ようすけ》に注意されてしまった。

「ごめんごめん」

「気になるなら行ってきてもいいよ」

「いや……今はジャガイモを切らねば」

「……葉《よう》は今日の自由時間、どうするの？」

レストランはみんなで交替しながらやることになっている。

その空いた時間で、好きに校内を回ってもいい。

本来であれば武田《たけだ》さんと回る予定だったけど、いない以上はほかの人と行くしかない。

『明日は……私のことは気にせずに、文化祭を楽しんできてくださいね』

武田さんの言葉が脳裏を過《よぎ》る。

本当にそれでいいんだろうか。あの言葉の裏には、隠れたメッセージがあるんじゃないか。

「まだ決めてない」

「立花《たちばな》は誘わないの？　この間の花火大会のときみたいに」

新《あらた》という障害物がなくなったら、俺はなんの隔たりもなく立花さんにアタックできる。

ずっとそう思っていた。

でもこの頃感じる、心のモヤモヤがそれを許そうとしていない。


何か見えない、壁みたいなものを感じる。


「うん……ちょっと考え中」

「そんなうかうかしてたら、あのバイト先の先輩に先越されるかもよ？」

「それはたぶん……今のとこは、大丈夫だと思う」

いつまで経っても立花さんは迷惑そうにしてたから。

俺が知る限り、直近のライバルはいない。勝手にだけどそう思っている。

次のセリフを聞くまでは――。

「ねえ、葉《よう》……葉がいかないなら、俺がいくよ?」

陽介《ようすけ》の顔を見た。

冗談じゃない、真剣な表情。

「え……何を?」

「だから、葉が誘わないなら……俺が立花を誘うよ?」

言葉の意味が理解できない。

いったい陽介は、何を言い出してるんだ……?

それでも反射的に口が動く。

「どうして……」

「言わないとわからない？」

1学期の終業式の日。陽介《ようすけ》と文也《ふみや》でハンバーガーショップに行ったとき、陽介に気になる人はいないか聞いたことがあった。


『……今は、いないかな』


今は。

2か月も経てば、気持ちに変化が芽生えることだってある。

つまり陽介は——立花《たちばな》さんのことが、好きになった……？

驚きで思考が追い付かない。

どうして、よりによって陽介なんだ。

俺は、いったいどうすれば——。

――バシッと、背中に衝撃が走る。痛みはない。

当然だ。

優しい陽介が、俺の背中を叩いたんだから。

「葉《よう》、しっかりしなよ。何で悩んでるか知らないけどさ……」

吸い込まれてしまいそうなほど優しい、陽介の目。

「立花は葉にとって、〝どんな形でも、好きな人だってこと〟に変わりないでしょ？」

「陽介……」

「深く考えないで、好きな友達を誘う感覚で声をかけてきなよ。文化祭は今日しかないんだからさ」

「うん……」

俺は一言で返事をした。

陽介のあの真剣な表情は演技だったのか……俺にはわからない。

事実としてあるのは、陽介に背中を押されたということ。

本当に陽介が立花さんを想っていたのなら、大きく心を痛めてはいないんだろうか。

そんなことを考えるなら、俺はひたすらジャガイモを切り続ける。

今の俺の心を物で表すのなら——歪《ゆが》んだこのジャガイモ。

きっと、そう答えるかもしれない……。

◇

10時になり、一般公開が始まった。

窓から見える校門からは、ぞくぞくと人が入ってくるのが見える。

まだ昼時には時間があるから、俺たちのレストランにやってくるのはドリンクやデザート目当てのお客さんが比較的多いらしい。お昼に近くなればなるほど、ご飯を目当てにたくさんのお客さんが来店するとか。

自由時間の取り方は去年の客数のデータを参考に、誰がいつ行くのかをあらかじめ決めてある。もちろんイレギュラーは発生するから、自由組の人はいつでも戻れるように準備しておくようにとのこと。

俺の自由時間は10時から11時と、14時から15時の2時間。

元々は武田《たけだ》さんの自由時間に合わせて、スケジュール管理の人にお願いしてもらったもの。

一方、立花《たちばな》さんの休憩時間は11時から12時と、14時から15時の2時間。

もしも一緒に回れるとしたら、時間帯がかぶる14時からの1時間だけだ。

一般公開は10時から15時まで。

片付けの時間がそこから2時間あって、17時からは体育館で後夜祭という流れだ。


宣伝隊は少し前に教室を出て、ビラや声掛けでお客さんを集客してくれている。

その様子をみんな窓から緊張しながら眺めていた。特に接客をしたことがない人は『ヤバい』とか『緊張する』とか、包み隠さず声に出している。

昨日生徒で練習したとはいえ、実際に初めて本当のお客さんを迎えるんだから仕方がない。

接客経験があってこれから自由時間の俺でさえ、少しそわそわしているんだから当然だ。

自由時間組はぞくぞくと教室を出ていく。これから各々《おのおの》好きなところを見て回ることだろう。

調理組の人も少しずつ持ち場の調理室へと向かい始めた。

当然料理が得意な立花さんは調理組。

今は藤沢《ふじさわ》さんと大澤《おおさわ》さんと、楽しそうに立ち話をしているようだ。

うかうかしてたら教室を出ていってしまうかもしれない。

それでも俺は……やっぱり、立花さんを誘うことはできない。

実を言うと……立花さんを誘えないのには、もう一つの理由がある。

それは少し前、立花さんに文化祭を一緒に回ろうと逆に誘われたことがあったからだ。

そのときは、もう武田《たけだ》さんと回る約束を先にしてしまったと、誘いを断ってしまった。

今俺が立花《たちばな》さんを誘ったりしたら……何ほかの女と回れなくなったからって、今さら誘ってきてんだよと感じるに違いない。

俺の話しかけたくても話しかけられない空気を察したのか、立花さんから俺のほうに近寄ってくる。

「ねぇ葉《よう》くん……2時から一緒に回ろ?」

思ってもみなかった、立花さんからの提案。

「え……いいの? 一度断ったのに……」

「うん、実を言うとね? 今日の朝に武田さんから連絡がきたの。今日は風邪で休むから、もしも葉くんが一人になっちゃうようだったら……助けてあげてほしいって」

「え……?」

「本当は武田さんには葉くんにこのこと言っちゃダメだって言われてたから……絶対に内緒だよ?」

武田さんがそんなことを、立花さんに……?

本当は嫌なはずなのに、俺が一人にならないように。

俺が文化祭を、ちゃんと楽しめるように……。

「ちょっとあいり! 少しは私たちに相談してから決めなさいよ!」

「え……柚李《ゆずり》ちゃん、ダメなの？」

「ダメじゃないよ。ダメじゃないけど……一言いいなさいってこと。たった今三人でどこを回るか話してたとこじゃない」

「まぁまぁゆずっち、いいじゃん。そんな目くじら立てないで」

「何よ、あたしが悪いってわけ？」

「ごめんね？　柚李ちゃん……怒ってる、よね？」

立花さんが叱られた子犬みたいに、潤んだ瞳を大澤《おおさわ》さんに向ける。

すると大澤さんは、ぷいっと顔を背《そむ》けた。

「別に…………怒ってないわよ」

何これ。何このツンデレ。

超可愛い。

そう思ってると、大澤さんから強烈なチョップが飛んでくる。

「あだっ！」

「あんた今変なこと考えてたでしょ」

「変なことじゃないよ。大澤さんツンデレだあだっ！」

「ツンデレじゃないから」

「超かわあだっ！」

3発もチョップを喰《く》らった。

頭が割れるからもうやめて。

「痛いよ大澤《おおさわ》さん……頭叩かれ過ぎて俺が馬鹿になっちゃったらどうすんの？」

「もう馬鹿でしょ」

「なぁ～にぃ？　大澤さん、前回の期末テストの順位、学年何位？」

「3位」

「すみませんでした。俺が馬鹿です」

次元が違かった。

成績マウントを取るのはもうやめよう。

「そんなことはどうでもいいから、2時からの自由行動は二人で回ってきなよ。あいりも今度またデートすっぽかしたらビンタだからね？」

「え……もうしないけど、本当に柚李《ゆずり》ちゃんにビンタされちゃうの？」

「………しないわよ」

「ツンデあだぁぁ！」

チョップが飛んでくるのを予想して真剣白刃取りを試みるも、むなしく脳天に直撃。

それを見ていた立花《たちばな》さんと藤沢《ふじさわ》さんは面白おかしそうに笑っている。

ちょっと笑いごとじゃないくらい痛い。

そんな和やかな空気の中、教室の扉が外側からの力で開いた。

一番最初のお客さんがご来店だ。

そう思っていると教室がざわついた。特に男子が反応している。

「あ、いたいた！」

一番最初に入ってきた人は——果たしてお客さんと呼んでいいのだろうか。

綺麗《きれい》な歩き方で俺との距離を詰めてくる。

「来ちゃった」

「来ちゃった、じゃないですよ。柊《ひいらぎ》さん……今めちゃくちゃ目立ってますよ？」

「オシャレして目立つようにきたんだもん。どう、綺麗？」

トップスから控えめにチラつかせた胸元、キュッと引き締まるコルセットフレアスカート。

大胆さと上品さが融合したファッションスタイルだ。

「すごく綺麗です」

「よぉ〜おぉ〜くぅ〜ん？」

隣からは立花《たちばな》さんの声。

もしも効果音を付けるとしたらゴゴゴかもしれない。

「なんでしょうか」

「目の前でイチャつかないでね？」

「いや、イチャついてないから。もしも異議があるなら柊さんにお願いします」

「柊さんは何しに来たんですか？」

立花さんが俺の代わりに訊《き》きたかったことを訊いてくれる。

「佐原《さはら》くんと文化祭回ろうかなって」

「葉《よう》くんは私と回る約束をしたのでもうお帰りいただいて大丈夫です」

「えぇ～!?　また？　副店長が言ってた話と全然違うじゃ～ん」

柊さんはどうやら副店長からのリークで来たらしい。

今朝、副店長が俺の予定を聞いてきたのはこのためか？

「あ、でも今からどうしよう」

「葉くん！　今は余計なこと言わないのっ！」

「はい！」

「ん……何？　佐原くん、余計なことを今すぐ言いなさい？」

目が怖い。

こんなの隠し通せそうにない。

「はい、今から1時間は暇です」

柊さんは俺の腕を取り、脱兎《だっと》のごとく駆け出す。

立花さんと、男子の罵倒《ばとう》のような声に鼓膜《こまく》を揺らされながら――俺は教室を後にした。

◇

教室から出た俺たちは、作品が展示されている美術室に入った。

まだ文化祭は始まったばかり。みんな屋台などの飲食物に夢中で、今のところ人が来る気配はない。

「柊《ひいらぎ》さん、来るなら言ってくださいよ」

「来ないと思ってた人が突然来ると嬉《うれ》しいでしょ？」

「嬉しいですけど、俺はこの後教室に戻る恐怖のほうが勝ってます」

すーくんがめっちゃ絡んできそう……。

「ふふっ、普通は『どうだ、俺にはこんな美人なお姉さんの〝彼女〟がいるんだぞ』って自慢するとこじゃない？」

「事実じゃない単語が混じってますね」

「うーん、お姉さん？」

「それは事実です」

「じゃあ、美人？」

「それも事実です」

「じゃあわかんないや」

「なんでやねん！」

誰もいない美術室に俺たちの笑い声がケタケタと響く。

本当に面白い人だな。

「ふふふ……あーあ、やっぱり佐原《さはら》くん……いいなぁ」

「……それはなんでですか？」

柊さんはゆっくりゆっくり歩きながら、展示されている絵を鑑賞する。

正直、俺がなんでここまで柊さんに気に入られるようになったのか。

自分では全くわかっていない。

柊さんは下唇に人差し指を当てる。

「うーん、それは多分……」

足を止めて、鑑賞する対象を絵から俺に切り替える。

「佐原くんが……私を好きにならないから。かな？」

「え……えっと……俺、柊さんのこと好きですよ？」

「その好きは、恋愛の好きじゃないでしょ？」

この場合は……正直に答えていいんだろうか。

一瞬迷ったけど、柊さんなら受け止めてくれるだろうと俺は判断した。

「そうですね……でも乙女《おとめ》心の先生として、先輩として、お姉さんとして。その全てにおいて柊《ひいらぎ》さんのことが一番大好きですよ」

「うん、100点満点の回答だね」

正解とばかりに、おでこをツンと突かれた。

また柊さんは、ゆっくり歩きながら絵の鑑賞を始める。

「私ね？　男の子にグイグイ来られるの、嫌なんだ。こっちから追いかけたいタイプなの。それでも追いかけて簡単に振り向かれるとね？　なーんか……萎《な》えちゃうんだ。変わってるでしょ？」

「そうですね……珍しいタイプかもしれません」

「ほら、私って綺麗《きれい》でしょ？　だからみんな私の顔だけしか見てなくて……ちょっとアタックかけるとすぐ好きになられちゃう。私のこと、まだなーんにもわかってないくせに」

気に入った絵があったのか、柊さんは立ち止まってじっと見つめている。

「最初はちょっと興味があって、ほかの人と同じように、試すように佐原《さはら》くんにアタックをかけたんだけどね？　いつまで経っても私のことを好きにならないし、いつまで経ってもお姉さんみたいな距離感で接してくれるから……だんだん、佐原くんのことが好きになってきちゃった。おかしいでしょ？　この恋はきっと、実ったら冷めるのに」

本当に、そうなんだろうか。

俺が本気で好きと言ったら、柊さんは俺のこと……興味がなくなるのだろうか。

それが本当なら、柊さんの恋愛感はチグハグだ。

一生両想いにならない、一方通行の恋になってしまうから――。

柊さんは飾られていた絵に触る。本来、展示品を触るのはダメな行為だ。

ただし例外はある。

作者が目の前にいて、許可を取らずとも触れることができる信頼関係を築けていること。

「すごいね……佐原くん、こんなに絵が上手だったんだ。まだまだ知らなかったこと、たくさんあるね」

俺が美術の授業で描いたデッサン。

モデルは立花《たちばな》さん。

「惜しくも銀賞でしたけどね。やっぱり毎日描いている人には勝てません」

「それはそうだよ。毎日頑張ってる人に、頑張ってない人が勝っちゃったら……可哀想《かわいそう》だもん」

「本当ですね……」

「あーあ、私もこんな顔に生まれたかったなぁ……」

絵を見ながら、俺にはほとんど聞こえないような声量で……柊さんはポツリと口にする。

それはもしかすると、俺が好きな顔だからってことかもしれない。

柊さんは俺との恋を実らせて決別したいのか、それともただの冗談だったのか。

本当の心の内は、柊《ひいらぎ》さんにしかわからないけど……。

「俺は……そうは思いませんけどね」

「……どうして？」

「俺……立花《たちばな》さんの容姿が好きです。たぶん、世界で一番と言っていいと思います」

俺が初めて立花さんを見たとき——世界で一番、俺が理想とする容姿だと思った。

それはまるで、絶対に触れることのできない。

二次元のキャラクターが本当に実在するみたいな。

「でも……なんて言ったらいいんでしょう。もしも柊さんが立花さんの容姿になっても、俺は前の柊さんのほうが……なんかいいなって、思う気がするんです」

これは言葉で表すのが難しい。

適切かどうかわからないけど、頑張って言葉にしてみる。

「めっちゃ言い方が変かもしれないですけど……キャラに合ってない。って感じです。柊さんは今の容姿で、今の性格だから……すごく、すてきなんだと思います」

柊さんは妖艶《ようえん》な笑みを浮かべる。

からかい上手で、ちょっと毒舌で……それでも優しい、柊さんの内面と合うような笑顔で。

「あーあ……どこかに佐原《さはら》くんみたいな男の子。いないかなぁ」

「きっといますよ。知ってます？　世界人口は80億人もいるんですよ？」

「うーん、そしたら何人くらいいるかな？」

「……4人くらい？」

「佐原くんって……やっぱりレアモンスターだね！」

「モンスターちゃうわ！」

誰もいない美術室で、俺たちはこんな話をずっとしてた。

絶対に、現れるよ。

だって柊《ひいらぎ》さんは、すてきな女の子だから——。

◇

柊さんと別れて、教室の仕切られた控室に入ったら……男子から物凄《すご》い勢いで詰められた。

どういう関係なんだとか、紹介しろだとか、連絡先教えろだとか……。

俺はそんな男子たちに言いたい。

君たちは全員不合格だと。

だって柊さんは、グイグイ来られるのが嫌なんだから。

そのめんどくさいやり取りが終わったあと、俺は途中で休憩を挟みながら次の自由時間までレストランの接客を行った。

最初は違和感があったけど、少し経てばなごみでの接客とほとんど同じだった。

ただしちょっと変わっているのは、注文は各テーブルのタブレットでお客さんが行うということ。

従業員の負担軽減のため、なごみで導入を検討しているものらしい。

今日はその試験運用も兼ねて、副店長がデータを取ったりしているそうだ。

俺たちが学生だということもあってか、文化祭に来てくれる一般のお客さんは誰かがミスをしても大目に見てくれて……店内は常にいい雰囲気だった。

そうしてお客さんとのトラブルもなく、俺が受け持つ3時間はあっという間に過ぎ去る。

時刻は14時。

いよいよ立花《たちばな》さんと文化祭を回る時間だ。

「葉《よう》くん、おまたせ！」

教室の前の廊下で待っていると、立花さんが跳ねるような明るい声で俺の名前を呼ぶ。

今さらだけど、立花さんの制服エプロンをちゃんと拝むのを忘れた。

チクショー、俺はいったい何をやっていたんだ。

「……どうしたの？　葉くん」

「あ、いや、なんでもないです。それじゃあ行こうか」

「うんっ！」

立花《たちばな》さんと並んで廊下を歩く。

もうこの学校の生徒は立花さんのことを見慣れているけど……一般の人はそうじゃない。

すれ違うたびに、みんなの視線が立花さんのほうに集まる。

まさに高嶺《たかね》の花——そんな眼差《まなざ》しを向けている。

絶対みんな思ってるよね、横の冴《さ》えない男は誰だって。

しょうがないじゃん。俺だって立花さんに見合うようなイケメンに生まれてきたかったよ。

「立花さん、どこ行きたい？」

「屋台！　この間の花火大会で行けなかったから……」

後半は声の抑揚を下げながらそう答える。

まだ気にしてるのかな。

俺は気にしてないと伝わるように、明るく元気に声を出す。

「いいね！　あ、でもお昼食べたよね？」

いくら立花さんが調理組の最強戦士だったとしても、休憩はちゃんと取ったはず。

ここは甘い物か……どれくらいあるかな？

「ううん、屋台楽しみにしてたからまだお昼食べてないの」

「え、お昼我慢するくらい……そんなに楽しみにしてたの？」

「うん、いっぱい食べる！」

可愛い笑顔を見せながらの大食い宣言。

靴を履いて外に出たあと、屋台が並ぶ通りを一般客と同じように練り歩く。

「とりあえず何食べる？　いつもお弁当作ってくれてるから今日は俺が奢《おご》るよ」

「ホントに？　う～ん、じゃあ……とりあえず、たこ焼き18個入り。焼きそばとお好み焼き2人前ずつ」

「ははは、立花さんそんなに食べられないでしょ？」

「………そうだね。そんなに食べられないね」

……ん？　なんだろう。

返事まで少し間があったけど、表情や声に変わったところはない。

だけどなぜか……モヤモヤする。

とりあえずたこ焼きと焼きそばとお好み焼き。

それぞれ一つずつ買って、屋台通りの近くにある仮設ベンチに腰かける。

座ってから気づいた。ここはあんまりよくないかも。

「立花さん、ここ日差し大丈夫？　ほか移ろうか？」

「ううん、日焼け止め塗ってきたから大丈夫。それより早く食べよ？」

待ちきれないとばかりに、たこ焼きを催促。

はふはふしながら美味《おい》しそうに頬張《ほおば》っている。

「美味しい？」

「うん、美味しい！　葉《よう》くん、焼きそばも食べていい？」

「はい、どうぞ」

今度は焼きそばをずずっと口に含む。

すごい気持ちがいい食べっぷりだ。

もしかしたら本当にたこ焼き18個。焼きそばとお好み焼き2人前ずつ食べられるんじゃ……。

その食べる姿は、まるでカッキーみたいだな。

まるで……まる、で……。


「カッキー……？」


俺は無意識に、その名前を呼んでいた。

立花《たちばな》さんの麺《めん》を運ぶ箸《はし》が止まる。

少しだけ上品に、咀嚼《そしゃく》だけは続けながら。

静かにゆっくりと飲み込んで、口が開く。

「……どうしたの？」

「あ、いや……ごめん。カッキー……知り合いの女の子にそっくりだなって思って」

「そうなんだ……どんな子？」

「そうだなぁ……髪の毛は短めで、メガネかけてて、ぽっちゃりしてて……肌は小麦色の褐色だね」

「ふふっ……ふふふふ」

立花さんは上品にクスクスと笑う。

まるでカッキーとは似ても似つかない、綺麗《きれい》な笑い方で。

「ふふ……葉くん、それじゃあ全然そっくりじゃないよ。私と正反対でしょ？」

そう言われて気づく。自分がおかしなことを言ったのだと。

カッキーと立花さんは、全くの別人だ。

容姿も、仕草も、喋《しゃべ》り方も、笑い方も、能力も、俺の呼び方だって……何もかもが合ってない。

でも――不器用なところだけは、そっくり。

高校に入学してからの思い出が、頭の中を駆け巡る。

入学当初、ずっと感じていた立花さんの視線。

あれは俺に話しかけてもらうのを、ずっと待っていたんじゃないのか。

弁当を持ってきたとき、犬との散歩のとき、初めて家に来たときの美紀《みき》の反応……プールでかき氷を食べたとき。

頭の中で、パズルのピースが合うみたいに、過去の記憶と今の記憶が繋《つな》がっていく。

絶対に、偶然なんかじゃない。


「カッキーでしょ？　カッキーなんでしょ？」


「葉《よう》くん……しつこいよ？」

「本当に……違うの？」

「だから違うって――」

立花《たちばな》さんはベンチから立ちあがり、俺に背を向ける。

数歩進んでから立ち止まり、ゆっくりと振り向いて、綺麗《きれい》な長い髪を揺らす。


「私はね……立花あいりだよ？」


立花さんは否定する。

自分はカッキーじゃないと。

これ以上、いくら訊《き》いても返ってくる答えはきっと同じだ。

『あーあ、私もこんな顔に生まれたかったなぁ……』

ついさっきの出来事。

柊《ひいらぎ》さんがそんなことを呟《つぶや》いていたのを思い出す。

俺はどうして、今まで気づかなかったんだろう。

カッキーにあげた、絵の中の女の子が——今、自分の目の前にいるってことに。

「わかったよ立花《たちばな》さん……もうこれ以上訊かないから。だけど……次の質問にだけは正直に答えてほしい」

「……うん、いいよ?」

「前のお父さんの名字、なんて言うの?」

「……ごめん、忘れちゃった」

立花さんは、うっかりしたみたいな表情で答える。

この質問は賭《か》けだった。

〝前の〟お父さんの名字と言われれば、多くの人はその質問に対して疑問を返すはず。

だけど立花さんはそこには触れなかった。

前のお父さんの名字は……恐らく〝柿谷《かきたに》〟だ。

だから立花さんは質問には答えられなかった。

「そっか……ねぇ立花さん。お好み焼きも食べる？」

「……うん、食べる！」

俺は今までの話がまるでなかったかのように話題を変え、立花さんは何事もなく戻ってくる。

もしも大澤《おおさわ》さんから注意されていなかったら……きっと立花さんは、この場から逃げ出していたんじゃないだろうか。

そんなことを思いながら、俺たちは残りの自由時間を過ごす。


だけど、ずっとカッキーのことが頭から離れない。

今立花さんは本当に文化祭を楽しめているのかな。


無理してないのかな。

そんなことばかり考えてしまう。

俺に悟られないように、ずっと本当の自分を隠しているんじゃないか。

――片付けが終わった後の後夜祭。

立花《たちばな》さんは全校生徒の前に立ってイベントに参加した。

藤沢《ふじさわ》さんが立花さんは人見知りだって言っていたのを思い出す。もしも昔の、人見知りのままのカッキーだったら……震えるほど怖くて怖くて、逃げ出したいんじゃないのか。

それを強がって、必死に隠そうとしているのだとしたら……カッキーは変わってない。

一度心に決めたことを意地でもやり通すところは、以前のままだ。

またこの街に来てから俺が会いに行かなかったから……怒っているんだろうか。

訊《き》いても答えてくれない立花さんに対して、俺はどうすればいい？

何も答えが見つからないまま――文化祭は終わりを迎えた。

◇

自室のベッドに仰向《あおむ》けになり、カッキーと撮った写真を天井に掲げながら物思いにふける。

好きだった初恋の子が、ずっと俺の目の前にいた。

でもそれは俺が知っているカッキーじゃなくて、俺が描いた絵の中の女の子——立花さんだった。

どうしてそうなってしまったのか……いくら考えても、俺には検討がつかない。

ただ一つ言えるのは、俺のせいでカッキーはそうなってしまったということ。

カッキーが心から、立花さんとして生きているのであれば全く問題はない話。

だけど、そうじゃない。


それに初恋の子、カッキーへの気持ち。一目惚《ひとめぼ》れをした、立花さんへの気持ち。

夏休みの終わりから感じている、武田《たけだ》さんへの気持ち。

その三つの感情を混ぜ合わせたときの、自分の気持ち。

心がぐちゃぐちゃになりそうだ。


立花さんと武田さんが俺に向ける好意——それは恋としての好きだと、俺は感じている。

俺はいつか、決断をしなきゃいけない。


俺の一番大切な人に、ちゃんと好きだと伝えるそのときを——。

最終章　高嶺の花に逆らうとき

文化祭と中間テストが終わり、季節は11月。

武田《たけだ》さんの体調もすっかり良くなり、俺たちは父さんが運転する車で4時間かけて、動物が見られる遊園地に到着した。

予定どおり父さんと母さんはデートのため別行動。

俺は美紀《みき》、武田さん、立花《たちばな》さんを含めた4人で回ることになる。

こうしてみんなで、どこかに出かけて遊ぶのはバーベキュー以来だ。

楽しみであると同時に、心境は少し複雑だ。

俺はいまだに、一番大切な人に想いを伝えられていないからだ。

やっぱり……誰かを傷つけることになると思うと、躊躇《ちゅうちょ》してしまう。

いつかは伝えなくちゃいけないと、わかっているのに。

でもそれは今日じゃない。こんな遠方で告白をしたら、結果がどうであれ帰りの車内が地獄の空気になることは間違いないから。

だから今日は、みんなで楽しく過ごそう。

そんなことを胸に抱きながら、まずは動物園のエリアを巡る。

美紀と武田さんが見たかったフクロウは無事に見られた。

残念なことに歩く姿は見られなかったけど……それでも可愛いとみんなで喜んだ。

それからほかの動物を見て、俺たちは遊園地のエリアへ。

みんなで一緒に乗れるアトラクションを中心に何個か回る。

さぁ、次は何に乗るか——そう思っていたんだけど……どうしてこうなった？

「えい！」

「ふにゅ!!」

「そりゃ！」

「ふにゅにゅ！」

武田さんと立花さんの間を行き交うのは、黄色い小さな球。

お互い一歩も譲らず、懸命に赤いラケットを振っている。

ここは遊園地の中にある、古びたゲームセンター。

そこの一角にある卓球台を使用して、二人が白熱したラリーを繰り広げている。

どうしてこんなことになったのか。

それは勝負をして勝ったほうが、俺と一緒にアトラクションに乗るという、謎のゲームが立花さんからの提案で勃発《ぼっぱつ》したからだ。

第一ゲームはバスケのフリースロー対決。勝者は見事にノーミスで決めた立花《たちばな》さん。

そのあと一緒に乗ったのは二人乗りのゴーカート。

第二ゲームはもぐら叩き。勝者はふにゅの雷《いかずち》をもぐらに叩き込み、満点を出した武田《たけだ》さん。

そのあと一緒に乗ったのはメリーゴーラウンド。

現在どちらも一勝一敗。

そして現在進行中の第三ゲームは卓球勝負。

そろそろ父さんたちと約束した帰宅の時間だ。

もう乗れるアトラクションはあと一つだけ。

だからなのか、どちらも一歩も譲らない。

でも中学時代に元テニス部だった武田さんが一歩有利か――。

そう思ったんだけど……。

「ふにゅ～……負けました……悔しいです」

「ふふっ、やったぁ！」

勝利の女神は立花さんに微笑《ほほえ》んだ。

「立花さん、おめでとう。もう父さんたちとの集合時間だからこれが最後だよ。何乗る？」

「じゃあ……あれ」

立花さんは外を指差した。

室内からでも簡単に確認できるそれは、遊園地の象徴とも言うべき巨大なアトラクション。大観覧車。最後の締めくくりにふさわしい乗り物だ。だけど、あの乗りものは……。

「立花さん！　あれはずるいです！」

「ずるくないもんね～。だって勝負で勝ったもん」

「も、もっかい勝負です！」

「いやだも～ん」

なんだかんだ言っているけど、二人はやっぱり仲がいい。

特に立花さんは、こうして武田さんといるとき……本当に楽しそうだ。


俺たちはゲームセンターを出て、観覧車に向かう。

それにしても大きい……乗り場に近づくに連れて、どんどんと迫力が増していくようだ。

「美紀《みき》と武田さんも二人で乗れば？　最後なんだし」

「うん、千鶴《ちづる》お姉ちゃん一緒に乗ろう？」

「はい……」

俺たちが横並びでそんな会話をしていると、隣にいたはずの立花さんがいない。

振り返って姿を確認すると……なぜか下を向いている。

「立花さん……どうしたの？」

「や、やっぱり……」

「やっぱり？」

立花《たちばな》さんは首を横に振り、武田《たけだ》さんに顔を向ける。

「ねぇ、武田さん……もう一回、最後の勝負しよ？」

「本当ですか？　美紀《みき》ちゃん……いいですか？」

「うん、いいよ」

一緒に乗ると約束したばかりだから、武田さんは美紀に了承を得る。でも残念だけど……。

「立花さん……悪いんだけどさ、もう時間がないんだ。だからこのまま乗ろう？」

「あ、そうですよね。もうお時間がありませんからね」

俺の意見に武田さんも同調したけど、立花さんはそれを拒否する。

「大丈夫だよ。武田さん、勝負はすぐにつくから」

立花さんは武田さんのそばに寄る。

すぐにつく勝負。最初はじゃんけんでもやるのかと思っていた。

でも立花さんは武田さんの横に並ぶ。

武田さんはそんな行動をする立花さんに、疑問符が浮かんでいるようだった。

「私か、武田さんか。どっちと観覧車に乗りたいか……好きな子を、葉《よう》くんが選んで？」

立花さんの潤んだ瞳が、俺を捉《とら》える。

突然の提案。これは今までの勝負と形式が違う。

俺がどちらを勝者に選ぶのかという新しいやり方。立花さんが言った、最後の勝負の意味。

俺は二人の気持ちに気づいている。だからこれは、俺が気分で選んでいいものじゃない。

俺がどちらを好きか決める――恋の最後の勝負。

今日は楽しい思い出で、最後を迎える予定だった。

選ばなかったほうはこの後どうなるのか。先のことばかり考えてしまう。

こんなことになったのは全部……結論を先延ばしにしてきてしまった、俺のせいだ。

「た、立花さん……やめましょうよ！」

不安げに武田さんが引き止める。考えはきっと俺と同じだ。

それでも立花さんの考えは変わらない。

「武田さん……じゃあ、この終わりがない勝負はいつまで続けるの？」

「それは……」

武田さんが俺を見る。

この終わりがない勝負に決着をつけるのは、俺しかいない。

こうなった立花さんは、もう止まらない。

俺はずっと秘めていた想いを――今伝えると、覚悟を決めた。

「立花さん……わかったよ。それじゃあ……俺が選ぶよ？」

コクリと、立花《たちばな》さんは頷《うなず》く。

武田《たけだ》さんはもう……怖くてこの場から逃げ出したい。

そんな表情をしてから、目をつぶった。


形が違っても、どちらも好きな人。


そんな人が二人も現れて、どちらかを選んだらどちらかを傷つけてしまう。

その状況になったとき、俺はどうすればいいのか……ずっと、悩んできた。

悩んで悩んで悩んで、結局行きつく先は――どちらも傷つけない方法なんて、絶対にないってことだった。

だから俺は、俺は……自分の気持ちだけに向き合って、答えを出すことにした。


〝俺は、自分がより大切だと感じたものを選択する〞

「武田さん、一緒に乗ろう？」

これが、俺の答え。

立花さんは……優しい顔で微笑《ほほえ》んでいた。

まるで結果がわかっていたみたいに。


武田さんは強張《こわば》った表情から、徐々に心配そうな表情へと切り替わる。

立花さんの気持ちを考えているのだろう。

「佐原《さはら》くん……本当にいいんですか？」

「うん、これでいいんだよ。さぁ、乗ろう？」

この場に俺がいればいるほど、立花さんを苦しめることになる。

「美紀《みき》……頼んだよ？」

「うん」


俺は、武田さんの手を引いて――振り返ることなく、観覧車へと乗り込んだ。

◇

「佐原くん……本当に、よかったんですか？」

体を動かせば、微《かす》かに揺れるゴンドラの中。

俺と武田《たけだ》さんは向かい合って座っている。

今は観覧車に乗り込んでから4分の1ほど進んだところだ。

武田さんは頻《しき》りに下の様子を確認している。

置いてきた立花《たちばな》さんのことが気になるようだ。

「いいんだよ。これで……」

俺は一切下を見ない。武田さんをこれ以上、不安な気持ちにさせないように。

「佐原《さはら》くんは……立花さんのことが、好きだったんじゃないんですか?」

やっぱり、武田さんにはバレていた。当然と言えば当然か。

俺がもし、自分を客観的に見られていたら……バレバレだっただろうな。

俺は自分が思っていることを、全部武田さんに話すことにした。

武田さんなら全部、受け止めてくれると考えたから。

「好きだったよ。好きだった……入学してからずっと。言い方を少し変えれば今も好きだ」

勘違いされるような言い方を敢《あ》えてした。

それでも武田さんの表情に変化はない。

最後までちゃんと、俺の話を聞こうとしてくれている。

「俺はずっと気づかなかったんだけどさ、立花さんは……俺と昔、知り合いだったんだよ」

「え……そう、なんですか？」

「うん、今の姿とは全く正反対で……高嶺《たかね》の花とはほど遠い、地味な女の子だった」

たった3年という月日で、人はこんなに変われるものなのかと疑ってしまうほど……まるで別人。

「なんで……どうして、立花さんはそれを佐原くんに話さないんですか？」

「どうしてなのか、本当のところは立花さんにしかわからない。話してくれないからね……意地でも一度決めたら考え方を変えない、本当に頑固な子なんだよ」

本当に頑固で、本当に不器用な子。

「だからさ……あとはお願いすることにした」

「お願い……誰にですか？」

「美紀《みき》にだよ。きっと俺がいくら言っても……考え方を変えないから」

今、観覧車の下で……きっと美紀がうまくやってくれている。

他人任せもいいとこだけど、自分じゃどうしようもないことだってある。

そういうときは、一番俺のことがわかってて、信頼できる人に頼むしかない。

そんなときだってある。

「立花さんはさ……なんでか知らないけど、俺の理想を追いかけてるんだよ」

俺がカッキーに渡したあの絵。

きっかけが何かわからないけど……カッキーはあの絵にある女の子を俺の理想として、あの絵の女の子になるために必死に努力して……結果としてどうなったか。

カッキーは——自分自身を殺して、俺が理想とする高嶺《たかね》の花になろうとした。

それでも殺しきれないものは必ず残る。
その一部が頑固だったり、不器用なとこだったり……。

確かに立花《たちばな》あいりという存在は、俺にとって理想の女の子だ。
でもそれは——俺の理想であって、本当に実在するわけじゃない。

だってカッキーが、本当のカッキーが……まだ、立花あいりの中にいるんだから。

俺のせいで、俺の理想に閉じ込めてしまったのなら、助けたい。
立花さんの中にいる、カッキーを。
もういいよって、言ってやりたい。
もうやめようって、止めてあげたい。

高嶺の花に逆らえない——立花さんを、救い出したい。

もちろんそのために武田《たけだ》さんを選んだってわけじゃない。

本当に俺にとって、一番大切だと思ったから。

「立花さんは……確かに俺の、理想の女の子だった。でも……もっと大切なものがあるって、俺が特別だと感じている女の子から教えてもらったんだよ。だからさっきの勝負は……今俺の目の前にいる、一番大切で、一番特別で、一番大好きな子の手を取ることにしたんだ」

武田さんはそれを聞いて、しばらく考えて、ようやく言っている意味を理解したのか……かなり遅れてから、顔を赤らめた。

誰かの理想になんか生きなくても……俺がこうやって、武田さんを選ぶような結果にだってなるってことを、立花さんにもわかってほしい。

「でもあの勝負は結局……俺と武田さんが一緒に乗るって、最初から決まってたんだよ」

「どど、どうして、どういう、ことですか？」

今の反応から、もう武田さんが不安にはならないと思って、俺は下を見た。

「ここ、高いから……」

ちょうど一番高い、観覧車の頂上だ。

ここは高くて、怖いだろうな……。

俺は立花《たちばな》さんのことが好きだ。

でもそれは、当たり前のことだった。

だって立花さんという存在は……俺が理想とする女の子で、偶像のような存在。

本来は俺なんかが触れることができない、高嶺《たかね》の花。

本当に立花さんというキャラクターが実在していたのなら——俺は自信を持って、好きと言えたかもしれない。

それなら立花さんじゃなくて、その中にいるカッキーはどうなのか。

カッキーは俺の初恋の子だ。それは紛《まぎ》れもない事実。

でもカッキーに対しての想いは——入学式の前、思い出の写真とともに机にしまったことで……きっと、風化してしまったんだ。

それでも、たとえ形が違っても、カッキーが俺にとって大切な人だってことに変わりはない。

武田《たけだ》さんは……最初は普通の友達で、その後は家族みたいな存在になって。

ずっとそんな関係が続くのだと思っていた。

水族館のデートで、俺は武田さんの気持ちを自覚してからずっと、好きとは何か考えていた。

それで結局、答えなんて出なかった。

だから俺は、もっとシンプルに考えることにした。


「俺はずっと……武田さんに、そばにいてほしい」


恥ずかしいのか、武田さんはずっと下を向いている。

きっと今日言わなくても、いいんだと思う。

でも今日言うべきだと思った。

今日、この場所で言うからこそ、意味があるんだと思った。

だから、俺はこの言葉を、大切な武田さんに送る。


「好きだよ、千鶴」

これが――俺が出した、悔いのない答えだ。

♥【美《うつく》】しくなりたかった女の子

お兄ちゃんと千鶴《ちづる》お姉ちゃんが観覧車に乗り込んだ後、ずっとあいりお姉ちゃんは二人が乗るゴンドラを眺めている。

その横顔は、とっても寂しそうだ。

「お姉ちゃん……どうして急に、あんな勝負をしようなんて言ったの?」

「……私、少し前から気づいてた。葉《よう》ちゃんが……武田《たけだ》さんのことを見る目が特別なものになってるってことに。でも……葉ちゃんの理想の女の子は私だから、そんなはずないって、負けるわけがないって。だからきっかけはなんでもいいから、それをいつか証明するんだって……ずっとずっと、そう考えてた」

「じゃあ、高いところがダメなのに……観覧車に乗ろうとしたのは?」

第三ゲーム、卓球勝負のご褒美《ほうび》。

ほかにいくらでもあったはずなのに、なぜかお姉ちゃんは自分が一番苦手なものを選択した。

「葉ちゃんの……理想の女の子なら、それくらいできると思ったんだもん」

お姉ちゃんは――お兄ちゃんからもらったあの可愛い絵の、高嶺《たかね》の花の女の子ならなんでもできる子だと……勝手にそう決めつけて、自分が苦手なことも無理してやって、そうやって理想を追い続けて……。

本当の自分を、押し殺している。


まさに今の行動がそうだ。

お姉ちゃんは今日、ずっと無理してた。

本当は人見知りなのに無理して店員さんに話しかけたり、お化けが苦手なのにお化け屋敷に無理して入ったり、高いところがダメなのに無理していろんな乗り物に乗ったり。

お兄ちゃんの理想の女の子ならできるって、ずっとずっと無理してる。


そんなことしてたら……いつか、壊れちゃうよ。


「ねぇ、らぶお姉ちゃん……泣いてもいいんだよ？」

昔、私とお姉ちゃんが二人きりのときにだけ呼んでいた名前で、お姉ちゃんに問いかける。

お姉ちゃんは、自分の名前が嫌いだった。

愛莉と書いて、らぶり。

まるで犬の名前みたいで嫌だって。

だからお兄ちゃんには絶対に言わないでって言われた。

それはまだお兄ちゃんとお姉ちゃんが出会った頃の話。

できるならいつか名前を変えたいって、ずっと言ってた。

大嫌いだった、柿谷《かきたに》のお父さんが付けた名前だからってこともあるみたい。

「ううん……泣かない。絶対に、もう泣かないって決めたから」

お姉ちゃんは本当に頑固だ。

一度これって決めたら曲げない。

「じゃあ……お兄ちゃんが死んじゃったら？」

「……そんなの、嫌だぁ！」

ちょっと想像したのか、今にも泣きだしそうだ。

泣くかどうかを聞いたのに、嫌だって答えるのがお姉ちゃんらしい。

「お兄ちゃんには無理してることを気づかれないように、強がって嫌なことも頑張ってきたんだよね？」

「…………」

「どうして……そんなにお兄ちゃんの理想にこだわるの？」

お兄ちゃんがお姉ちゃんに頼まれて描いた、たった一枚の絵。

ただそれだけなのに、お姉ちゃんはこんなにも、おかしなことになっている。

「だって……もう泣かないって約束したのに、泣いちゃったんだもん！　もう葉《よう》ちゃんと会えないって、そう思ったんだもん。そしたら葉ちゃんが描いた絵が目に入って……カッキーじゃない、ほかの誰か、名前も知らない……高嶺《たかね》の花の女の子になったら……うぅ、葉ちゃんは、会いにきてくれるって……そう、思ったんだもん！」

お姉ちゃんの泣き虫は、やっぱり直ってなかった。

本当に不器用で、頑固で、ただひたすら……健気《けなげ》な女の子。

それがお姉ちゃんの、本当の姿。


「お姉ちゃん……お兄ちゃんが絶対に泣くなって言ったのはね？　お姉ちゃんの泣き虫が直りますようにって願いを込めただけで、それ以上の意味はないんだよ？」

「でもぉ、葉ちゃんは結局、会いにきてくれなかったよ！」

「お姉ちゃん……お母さんが再婚したのって、いつ？」

「今年の、3月くらい……名字が変わるから、私が高校に入学する前には籍入れようって」

「お母さんの旧姓、鈴木《すずき》じゃない？」

「うん……なんで知ってるの？」

お姉ちゃんの名字は両親が離婚して柿谷《かきたに》から鈴木《すずき》になって、それから再婚して今の立花《たちばな》に変わっている。

お兄ちゃんも……タイミングが悪いなぁ。

表札が立花になってたら、もっと早くお姉ちゃんだって気づくチャンスはあったかもしれないのに。

「お兄ちゃんは会いに行ったんだよ。だけど表札が柿谷じゃなかったから……はぁ、お兄ちゃんもチャイム押せばよかったのに」

まぁそれでも頑固なお姉ちゃんは、柿谷なんて知らないって言いそうだけど……。


お兄ちゃんの理想に生きるのはもうやめよう。

そう直接的に言うこともできるけど、私は違うところからアプローチしてみようと思う。

「ねぇ、お兄ちゃんの好きな子のタイプって知ってる？　黒髪で、清楚《せいそ》で、髪が長くて、おっぱいがおっきくて……」

指で四つ数えた。

あと一つ。

「そんなの、知ってるよ。今の私だもん」

「本当にそうかな？　お兄ちゃんの好きなタイプにはね？　続きがあるんだよ？」

「え………？」

そんなの知らない。そう言いたげだ。

それはそうだ、あの理想の絵には絶対に描けない。

唯一の条件。

お兄ちゃんにずっと前に聞いたことがあった。

この間、千鶴《ちづる》お姉ちゃんがモンブランを持ってきてくれたときに、思い出そうとしたけど思い出せなかったこと。


お兄ちゃんの、究極の理想の女の子。


「結局は容姿よりも〝自分らしく〟頑張っている女の子は……何よりも輝いて見えるって」

初めて聞いたその理想に、お姉ちゃんは言葉もなく驚いている。

お兄ちゃんらしい、変だけど……すてきな理想。

長文過ぎて、思い出すのに時間がかかっちゃったよ。

「今の無理するお姉ちゃんは……お兄ちゃんが作り出した、まるで物語から飛び出してきたような理想の女の子ではあるけど……それは全然、お姉ちゃんにとって〝自分らしい〟女の子じゃないでしょ?」

私はお姉ちゃんの手を取った。

変わらない、優しいお姉ちゃんの手。

「私もね?　昔の、自分らしく頑張っていたらぶお姉ちゃんのほうが……好きなんだよ?」

「ふ……ふぅ……ふぅ、ふぇぇ~~~ん!!」

大きな声で、鼻水を垂らして、大粒の涙をこぼして……お姉ちゃんは泣きじゃくる。

お兄ちゃん。

やっとお姉ちゃんが……帰ってきたよ。

「おかえり、らぶお姉ちゃん」

エピローグ

遊園地での告白を終え、次の日を迎えた。

あの状況でみんなで車で帰るのは可哀想《かわいそう》だからと、美紀《みき》は立花《たちばな》さんを連れてバスと新幹線で先に帰ったらしい。

もちろん俺のせいだから交通費は全額払った。違う、正確には美紀に請求された。

バイト代は消し飛んだけど、美紀曰《いわ》く立花さんはもう大丈夫らしいから、そんなことはどうでもよくなった。

そして今日、1日ぶりに学校で顔を合わせる日。もしかしたら学校には来ないかもしれない。

そんなつもりで校門をくぐり、昇降口に入る。

「よぉ」

下駄箱に靴をしまい、振り向くと新《あらた》……と、高橋《たかはし》さん。

新はいつも俺より早く学校に来てるのに、今日は遅かったようだ。

「おはよう新。今の〝よぉ〟は俺の名前を呼んだのか、それとも挨拶《あいさつ》だったのか、果たしてどっち？」

「朝っぱらからめんどくせぇやつだな」

「ここは大事なところだよ。挨拶してから名前を呼ぶとかしてもらわないと」

「よぉ葉《よう》ってか？」

「ラッパーみたいだからやっぱりいいや」

隣にいた高橋さんがクスリクスリと笑っている。

それにしても朝から一緒に登校とは……珍しい。

「なんかあったのか？」

新が唐突に訊《き》いてくる。

俺、もしかして顔に出てた……？

「うん……ちょっとね」

「なんだよ、言ってみろ」

新に言ったらややこしいことになりそう。

前の新との関係だったら……そう思ってたかもしれない。

新が俺の家のジムに通うようになってから、少しずつだけど仲良くなった。

と、俺は思っている。新がまた何かする腹積もりなのかは、俺にはわからないけど。

「彼女ができました」

「なんだよノロケかよ」

「違うよ、それで一人の女の子をすごく傷つけたかもしれない」

ここで会話のおふざけは止《や》めますと、声のトーンで新《あらた》に伝える。

「ふーん……彼女は武田《たけだ》だろ？」

「え……なんでわかったの？」

「おまえバレバレなんだよ。どういう状況だったのか知らねぇけど……もう一人は立花《たちばな》か？」

ご名答。でも俺の近くにいた人なら、なんとなくわかるんだろうなとは思う。

「……そうだよ」

「まっ……立花も薄々は気づいてたと思うぞ？　俺と同じようにな」

「俺って……そんなに顔に出やすい？」

「お前とババ抜きやったら勝率99パーくらいにな」

自分じゃ気づけない癖がそんなに出ているのか。帰ったら鏡でチェックしよう。

「そっか……ねぇ新、俺はどんな顔して立花さんに会いに行ったらいいかな？」

こんな相談を、また新にする日が来るなんて思わなかった。

「いつもどおり教室に入って、いつもどおり挨拶《あいさつ》してこい。変に気を遣われると逆に傷つけることになるぞ」

「……わかった。ところで新は……もう、いいの？」

主語を言わずに訊《き》いた。隣には高橋《たかはし》さんがいるから。

言いたかったのは……立花さんのことをどう思っているのかってこと。

新はその中途半端な問いを正確に汲《く》み取ってくれた。

新はごく自然に、高橋さんの頭を触る。

「お前何言ってんだ？　俺たちもう付き合ってんだぞ？」

「……ん、ん、えぇ～!?」

高橋さんは少し肩をすぼめて恥ずかしそうにしている。

「い、いつから？」

「文化祭のときから」

「なんで俺に言ってくれなかったの」

「なんでお前に言わなきゃいけねぇんだよ」

「確かに」

でも友達だったらそういうの言ってくれたって……っていう顔が、また出たんだと思う。

「仕方ねぇなぁ……じゃあ特別に教えてやるよ。なんで今日、夏海《なつみ》と一緒に登校してきたと思う？」

「ちょ、ちょっと!?　新くん!?」

夏海は高橋さんの下の名前。そんなことよりもすごい焦《あせ》っている。

なんだろう……。

「え……朝デート？」

「はっはっは！　ホントおもしれーなぁ。ま、お前にもわかるときがくるだろ。そのうちな」

「ほ、ほらっ！　新《あらた》くん行こっ！」

高橋《たかはし》さんがグイグイと新の背中を押して、教室のほうへと進んでいく。

少ししたところで新が足に力を込めたのか、二人は立ち止まった。

それから新は、顔を少しだけこっちに向ける。

「なぁ、葉《よう》……今言ったのはお前の名前だ」

最初にした、俺たちの会話。

「うん、なに？」

俺が返事をすると、新は顔を元に戻した。

きっと俺には見られたくないんだと……勝手にそう思った。

「1回しか言わねぇ…………………悪かった」


それは今までのこと。

新とはいろいろあった。

馬鹿にされたり、犯人にしたてあげられそうになったり、挑発して怒らせてきたり。

新を許そうとして、それでも裏切られて……その繰り返しだった。

でも今度は大丈夫だと、なんとなくそう感じる。

魔法が、解けたのかな。


「あの、私も……ごめんなさい！」

「おい夏海《なつみ》、余計なこと言うな」

「え、で、でも……」

「いいんだよ。元はと言えば俺のせいだしな。ほら……行くぞ」

高橋さんの謝罪はよくわからなかったけど……俺は新を許そうと思う。

今の新は女の子によく思われるような接し方じゃなくて、素の自分で高橋さんに接していた。

それを高橋さんも受け入れていて、本当に仲がよく見える。

そんな高橋さんだからこそ、新は惹《ひ》かれたのかな……。

少ししたあと、二人に続いて教室の扉をいつものように開いた。

教室のざわつきに、既視感がある。

まるで新が、スキンヘッドになったあの日のよう。

注目を集めるのは、立花《たちばな》さん。

俺に気づいて近づいてくる。

可愛いショートヘア。

それに見たことのある形の丸メガネ。

立花《たちばな》さんは——もう俺の理想をやめて、これからは自分らしく生きてゆく。

昨日美紀《みき》が言ったかもしれないけど、俺も一応言っておこう。

「おかえり、カッ、、、、カッキー」

カッキーは、笑顔の花を咲かせる。

開き具合は満開だ。

「くふっ……ただいま、葉《よう》ちゃん、い」

高嶺《たかね》の花は、もういない。

❤【花】は散り、新しい花芽《はなめ》が生まれる

すごく、学校生活が楽しくなった。

高嶺《たかね》の花の女の子になるのはとっても疲れるから、それをしなくていいのが一番の要因なのかな。

それでも、ボディケアは毎晩欠かさずにやるようにしている。前みたいに義務感でやるんじゃなくなってから、とても楽しく感じるようになったから。

そしたら、将来は美容関係のお仕事をしてみたいなって、初めての夢ができた。

今度は私が誰かを、自分らしく生きられるような――すてきな子にしてあげたいなって、そう思うようになったから。


私のお部屋には、一枚の絵が飾られている。

とっても可愛い、女の子の絵。

これは私の宝物だけど、以前は破けたりしてボロボロだった。

そのせいか、寝る前にすごく泣き虫だった頃の自分を思い出しちゃう。

でも嫌いな男の子がお金をくれたから……今は綺麗《きれい》に修復してある。

すると、嫌なことは思い出さなくなった。

もう、この絵を毎日のようには見ない。

本当にたまに……気分が落ち込んだり、嫌なことがあったり、くじけそうになったら見るの。

そうしたら、たくさんの勇気が貰《もら》えるから。

そのときだけ、私は心の中で言うんだ。

ありがとう――――葉《よう》ちゃん。

完

GAGAGA

ガガガ文庫

高嶺の花には逆らえない3

冬条 一

発行　2023年3月22日　初版第1刷発行

発行人　鳥光 裕

編集人　星野博規

編集　大米 稔

発行所　株式会社小学館
〒101-8001 東京都千代田区一ツ橋2-3-1
[編集]03-3230-9343 [販売]03-5281-3556

カバー印刷　株式会社美松堂

印刷・製本　図書印刷株式会社

Printed in Japan ISBN978-4-09-453117-6